我所看見的未來 完全版

私が見た未来

竜樹諒——著　高彩雯——譯

寫在「完全版」發刊之際

法國預言家諾斯特拉達姆斯（Nostradamus, 1503-1566）的末日預言，曾經說過「一九九九年七月人類將會滅亡」。預言在千禧年前的日本掀起了風潮，而在完全沒發生任何怪事、一九九九年就要結束之時，一本漫畫出版了。

這本漫畫的標題是**《我所看見的未來》**，作者的名字則是——**竜樹諒**。

作者在封面上寫下**「大災害是在二〇一一年三月」**的預言，然而在畫完這部作品之後，作者就悄悄引退，不再畫漫畫了。

但是在漫畫出版十二年後，二〇一一年三月十一日，東日本大地震爆發，這本書又一躍成為眾人的注目焦點。

這件事不是所謂的都市傳說，是**不折不扣的事實**。

《我所看見的未來》已經絕版了，因為過於珍稀，在拍賣網站的拍賣價甚至超過十萬日圓，真正變成了**「傳奇的預言漫畫」**。

話題不但沒有平靜下來，反而越來越甚囂塵上。有人冒名頂替作者接受雜誌訪談，也有網紅對書中的預言加上自己的見解，連電視的黃金檔節目也介紹了這本書……全日本都為之熱議，話題也很快延燒到隔了海的台灣，不只新聞多所報導，許多火紅的 YouTube 頻道如「老高與小茉」、「馬臉姐」……等也都特別製作影片介紹、講解，許多讀者應該對此都有印象。

在這些喧嚷之中，作者終於打破了二十二年的沉默，這次《我所看見的未來》總算能以「完全版」的樣貌再度和世人相見。

到底這次的版本為什麼叫做「完全版」？

《我所看見的未來》是以作者自己的夢境紀錄——**「夢日記」**——為基礎所描繪的漫畫，但漫畫中並沒有呈現作者所有的預知夢。

那麼，**「夢日記」裡到底寫了什麼呢**？

那些夢日記的內容——將在本書首度公開。

此外，書中還收錄了竜樹老師的**「新預言」，而且新預言也跟台灣息息相關**。

寫在「完全版」發刊之際

新預言指出——**「真正的大災難將在二〇二五年七月到來」**。

就像看到「大災害是在二〇一一年三月」的情景一樣，竜樹老師清楚看到了

——日期是二〇二五年七月。

那當中的內容究竟是——？

要及早準備嗎？還是聽天由命呢？一切操之在你！

飛鳥新社編輯部

大塊文化編輯部

CONTENTS

第Ⅱ部　懸疑漫畫篇

第I部

預知夢篇

二十二年前出版的《我所看見的未來》，因緣際會成了「傳奇漫畫」，關於內容，有著各式各樣的臆測和誤解。

作為書名標題的作品〈我所看見的未來〉（1996年首度發表），是單篇完結的故事，只有二十六頁，不過這篇漫畫裡並沒有畫出所有的預言。

在第一部裡，收錄了竜樹老師描繪的兩篇關於預知夢的漫畫──〈夢境訊息〉（1995年首度發表）和〈我所看見的未來〉，同時，連同漫畫裡沒畫到的預知夢，竜樹老師自己在「夢日記」中加上了解說。

「夢日記」的解說裡，提到了在本書出版的時間點尚未發生，也就是幾年後的「預測」。知道「夢日記」的內容，我們也才會知道〈我所看見的未來〉裡描繪的大海嘯其真正意義。

夢のメッセージ
夢境訊息
某一天，我對夢境開始產生了興趣——
然後，幾年前開始，我養成了寫夢日記的習慣——

一九七六年十一月
我做了這樣的夢——
我很喜歡的皇后合唱團的主唱佛萊迪他……
蛤——死掉了？
新聞
不要啦！
哭得很慘的友人Y
安慰她的我
就在那時，我醒了過來。
有種難以言喻的不舒服——
在還沒忘記之前，我把那個夢記在了筆記本上。
因為據說——「只要告訴別人，夢就不會實現。」
我馬上告訴了很多朋友跟認識的人。
我夢到這種事情喔—
欸—
是不是什麼預知夢
討厭啦—
不要殺掉F啦！
Y哭著說：「就算是夢，我也不要佛萊迪死掉啦！」

情境有點不同，
不過，我夢過很多次在同樣的場所發生的夢。
那是地底或山上出現的巨大洞穴。
海的顏色變得很深……臉長得什麼樣子？總之，是有個女子坐在一旁的——那樣的夢。
我常為了轉換心情而出門散步。
N公園因為很近，覺得隨時可以去，但這樣想卻總是沒去。
為什麼呢——？當我終於走到N公園……
這……這是！這裡!!
跟夢境一模一樣！
裡面禁止進入！
那是戰爭時期的防空洞遺址——

接著，
更讓我驚訝的是
隔週的電視新聞！
在N公園發現了女性的頭部和身體……
News
分……
分屍殺人事件！
女……
女性受害者！
那時候，
我的腦裡浮現了
出現在夢境中的女人。
不會吧?!
關於「夢」的書裡
這樣寫著——
如果，
同一個場所
在夢中出現
好幾次的話，
可以實際上
去找找看那個地方。
據說這樣一來，
就不會再夢到
一樣的夢了。
原來如此……
確實
後來那個防空
洞的確沒再出
現在夢裡了。

接著，
這是最近的事——
夏天開始，一直處於病危狀態的舅舅——也就是媽媽的哥哥，
——去世了。
好的——一點開始嗎？我知道了。
是——我們會去的，再麻煩了……
平時若是在截稿前的話，一定沒辦法參加葬禮。
怎麼說呢？時機也太巧了——我那時候剛好完成稿子。
如果從早上四點開始，一路不停地開高速公路的話，中午就會到了吧——因此我們決定趕回鄉下老家。

已經很久
沒回爸媽老家，
每次去一定會想：
有空一定要去看看
很照顧我們的舅舅。
沒想到
再次見到舅舅，
竟是死別……
然後剛好是
從葬禮回程
的路上——
是「既視感」，
「我以前也見過
同樣的景象」——
還好我寫了
「夢日記」，
馬上想起來了。
於是，
回家之後
馬上翻查那是
什麼時候的夢。

發現的時候，我非常驚訝。
是跟誰在一起呢？
4個人走在一起
我發現了枇杷
竟然！因為夢到那個夢的日期，剛好是一年前的同月同日。
路上，穿著料理衣服的大媽生氣了
路邊垂著還沒成熟的枇杷
像葡萄一樣
結實纍纍
1993.9/14
這邊是旱田
路是Y字路
94.9.14.
不一樣的只有葡萄園——
在夢裡出現的是「枇杷」。
我查了一下，「枇杷」——是壞事的前兆。
然後「斥責」意味著警告之類的……
也就是說——
哇——
我在「夢」中接收到此一訊息：「因為舅舅的葬禮而去鄉下。」
太驚人了！

話說回來，「告訴別人之後，夢就不會成真」這完全不是真的！
為什麼呢？
啊！
佛萊迪真的……死掉了！
那、那個夢！沒想到又是一樣的……
查了日記，佛萊迪去世之日——跟我夢到他死掉的日期是同一天。
1976.11/24.
而且，查了之後發現：我做了兩次那個樂團的夢……
1986.11/28
我確實看到了。
這邊也有紀錄，夢到樂團主唱去世了。
夢日記
1977～1980
這裡希望大家不要誤解，
會夢到這種預知夢的，我想不只有我而已。
大家應該都會做這種夢，只是不記得罷了。

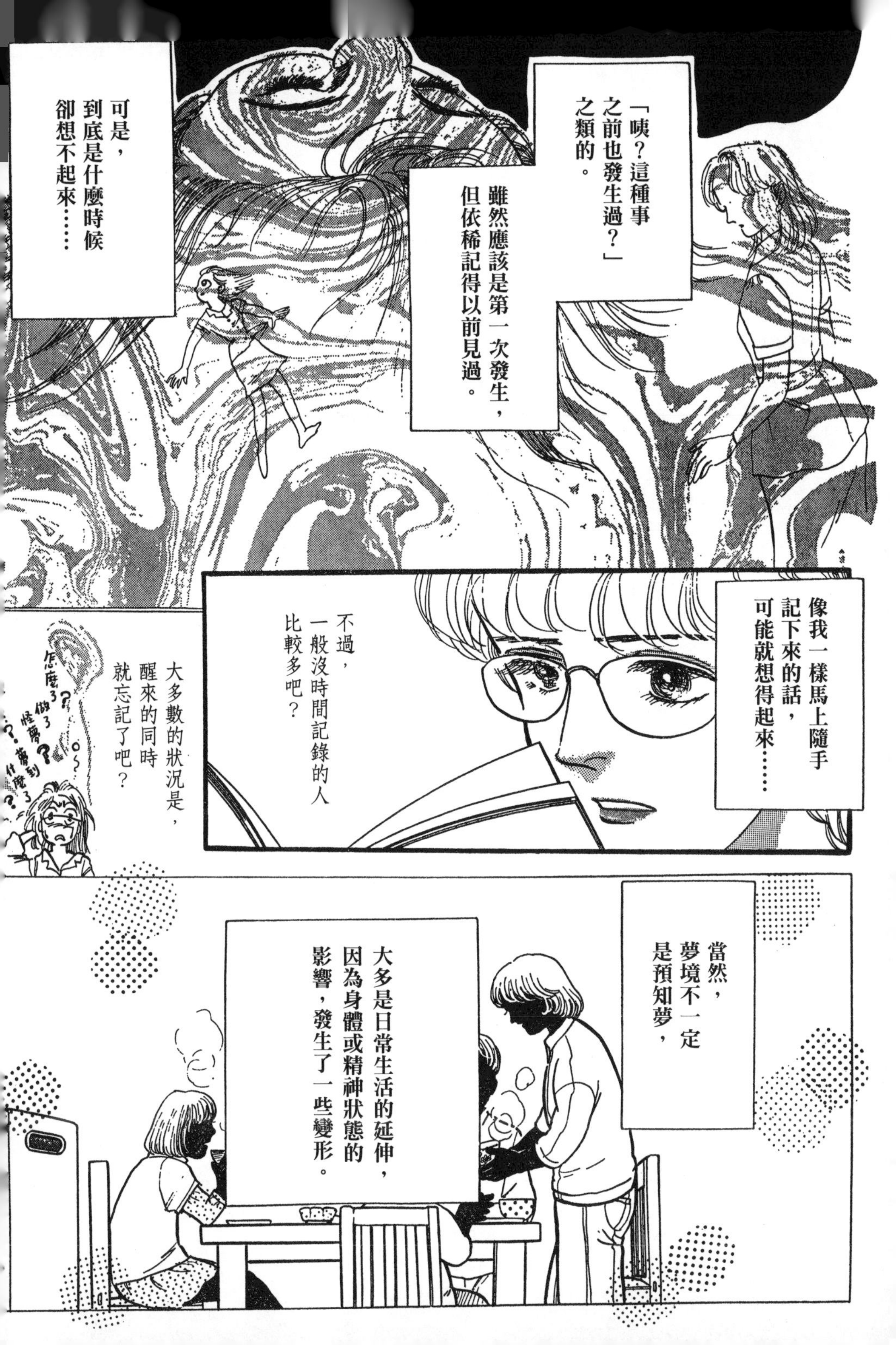
「咦？這種事之前也發生過？」之類的。
雖然應該是第一次發生，但依稀記得以前見過。
可是，到底是什麼時候卻想不起來……
像我一樣馬上隨手記下來的話，可能就想得起來……
不過，一般沒時間記錄的人比較多吧？
大多數的狀況是，醒來的同時就忘記了吧？
怎麼了？
做了怪夢？
夢到什麼了？
當然，夢境不一定是預知夢，
大多是日常生活的延伸，因為身體或精神狀態的影響，發生了一些變形。

我認識的人裡，有人做過這種夢。
那是在——她母親去世的隔天夢到的。
葬禮的回程，她蹣跚地走在黑漆漆的路上。
有幾個穿著喪服的男女走了過來。
仔細一看，他們的頭臉像是西瓜一樣的妖怪。
擦肩而過的時候，那些人一一向她搭話……
恭喜您！

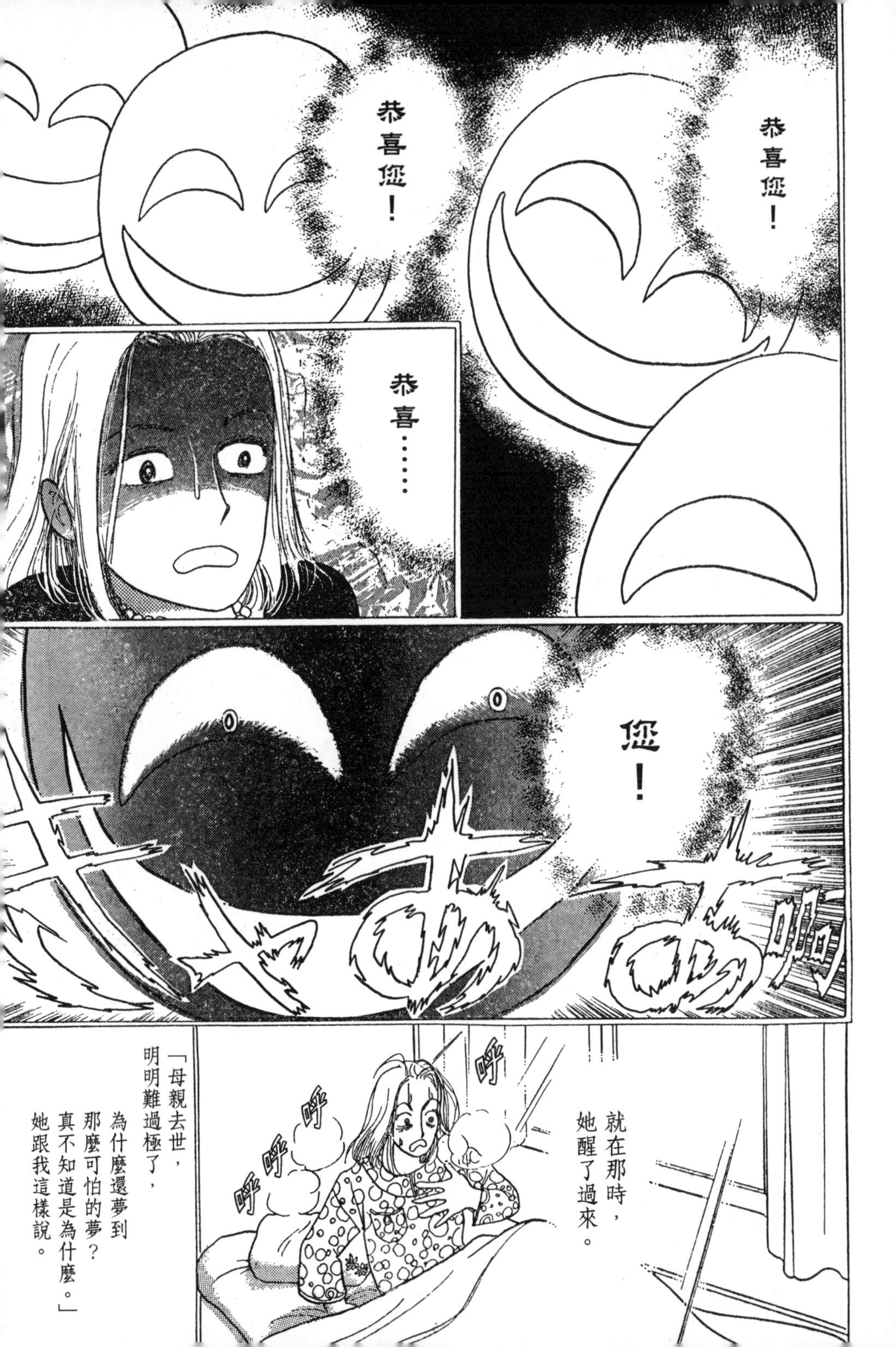

恭喜您！
恭喜您！
恭喜……
您！
就在那時，
她醒了過來。
呼
呼呼呼
「母親去世，
明明難過極了，
為什麼還夢到
那麼可怕的夢？
真不知道是為什麼。
她跟我這樣說。」

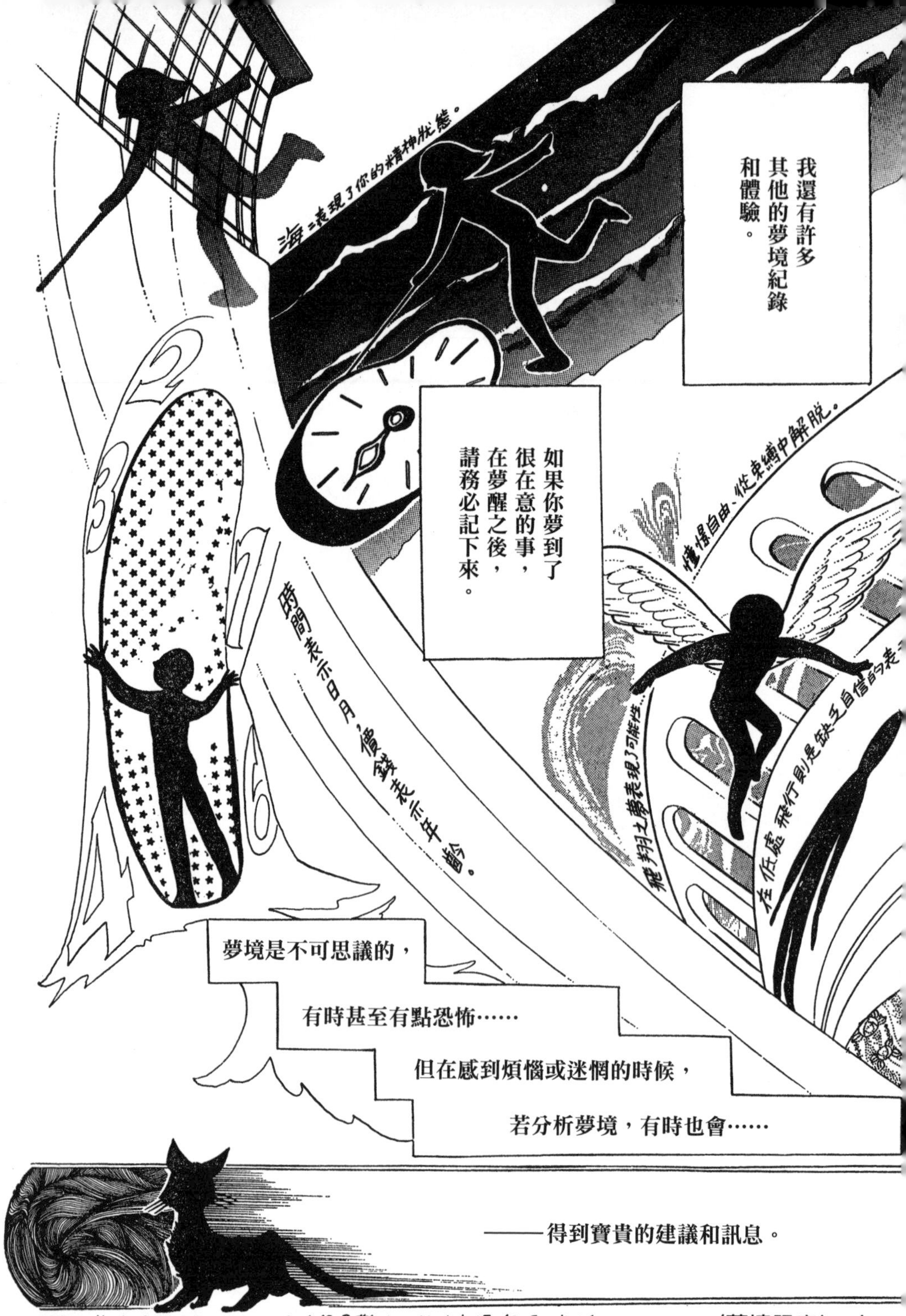
我還有許多其他的夢境紀錄和體驗。
海之表現了你的精神狀態。
如果你夢到了很在意的事，在夢醒之後，請務必記下來。
憧憬自由、從束縛中解脫。
在低處飛行則是缺乏自信的表
飛翔之夢表現了可能性。
時間表示日月，鐘錶表示年齡。
夢境是不可思議的，
有時甚至有點恐怖……
但在感到煩惱或迷惘的時候，
若分析夢境，有時也會……
——得到寶貴的建議和訊息。
貓之夢本身就表示了女性，有時候是警告可能有麻煩、怨恨、嫉妒。

〈夢境訊息〉◉完

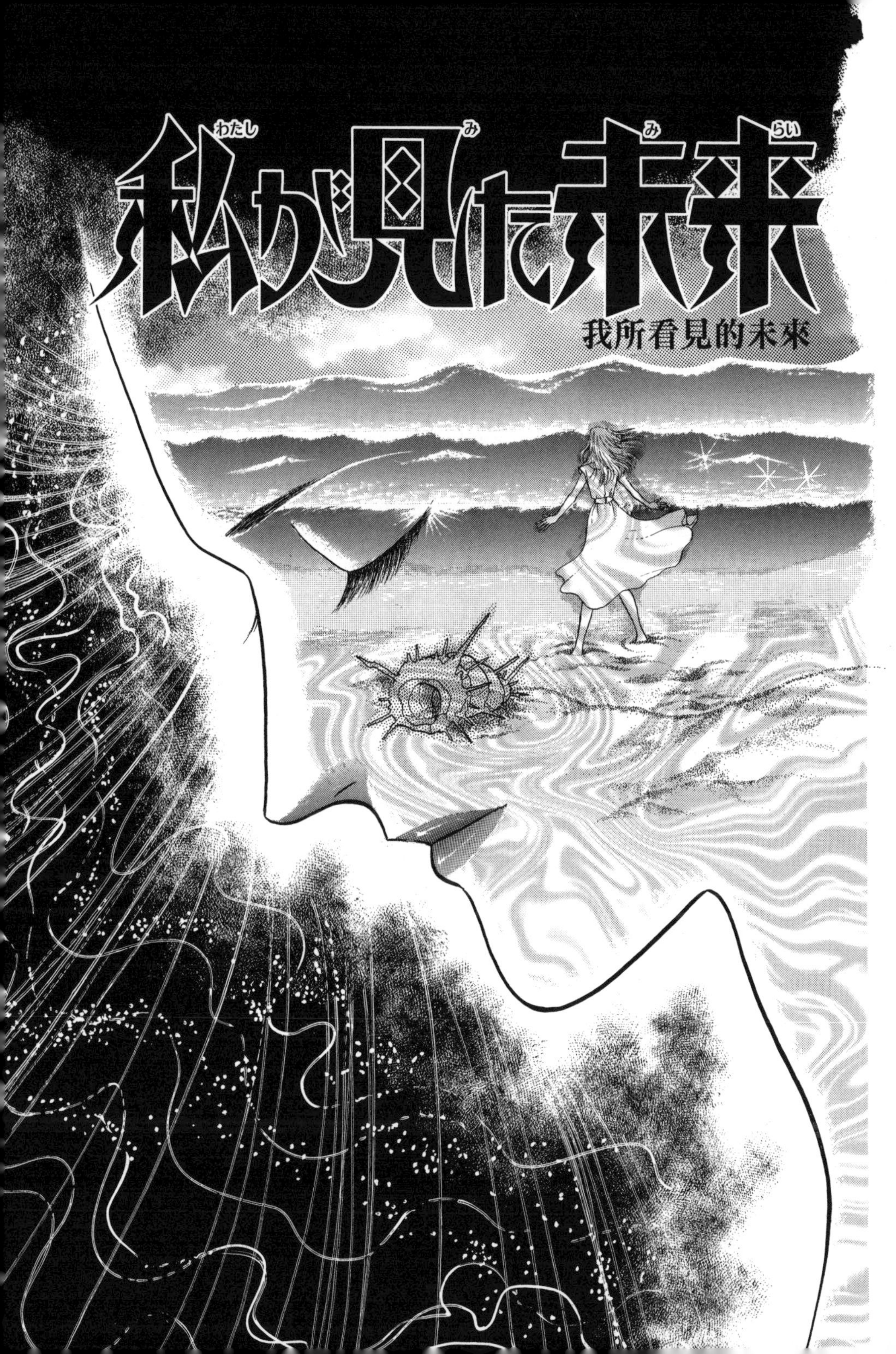
私が見た未来
わたし み みらい
我所看見的未來

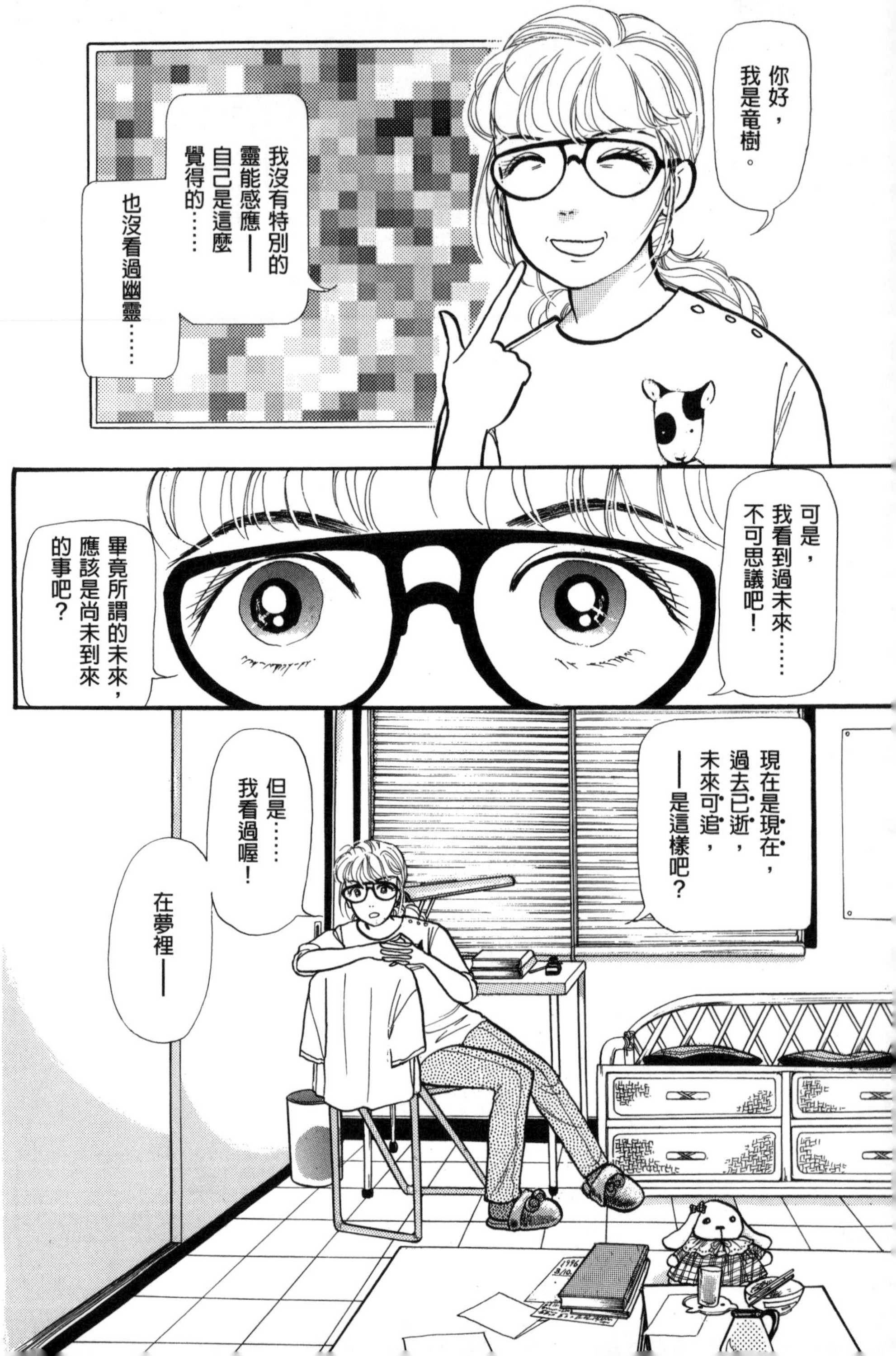
你好，我是竜樹。
我沒有特別的靈能感應——自己是這麼覺得的……
也沒看過幽靈……
可是，我看到過未來……不可思議吧！
畢竟所謂的未來，應該是尚未到來的事吧？
現在是現在，過去已逝，未來可追，——是這樣吧？
但是……我看過喔！
在夢裡——

※星相：太陽和月亮、行星等相互作用的位置關係。

像是隧道的洞窟
陰暗
海
我
藍色的夏日洋裝
是赤腳的
這個像洞穴一樣的大洞，
然後看不清楚臉的……
這位陌生女子……
看不清楚臉
好像想說什麼
好像想說什麼，可是因為……
海浪的聲音嗎？完全聽不到。
那個夢就結束在那裡……
可是，醒了以後，影像就像印在腦海一樣，忘不掉。
因為很在意，也試著做過什麼夢境解析之類的。但是——
「洞穴指的是和靈界的連結，或是表達了潛意識」之類的——
「不認識的人物代表自己的影子」等說法——

什麼嘛！完全不能理解。
但是——知道那個夢來自未來，而且意義為何，
是一年之後的八月，日期和做夢是同一天。
呼——啊——
完蛋了，完全沒有靈感啊！
待在家裡也想不出來的！
啪
換個心情，去外頭散散心吧！
喀答

對了！去N公園好了——
我從出生就一直住在橫濱，曾被問道：「為什麼你沒去過N公園？」
国鉄線
也有那種住在東京，卻沒去過東京鐵塔的人啊！
這也還好吧？
哎呀！
域避難場所
N公園展望台
EVACUATION AREA
OBSERVATION PLATFORM
瞭望台
現正施工中
禁止進入
啊，難得來了，只在公園裡也好，散散步吧——

這……是……這裡！
搭了圍籬，
是怎樣？
這裡……
這是跟我夢裡看到過的形狀完全一樣的洞穴。
為什麼——我會夢到這個呢？明明是第一次來……
那時候，
總之先拍了照片，想著「晚點再把照片夾到夢日記裡」。
喀喳
喀喳

但是，照片洗好的那天──
今天清晨，在神奈川縣的N公園……
咦？
發現女性的屍體──被偶然到這裡釣魚的民眾……
兇殺案?!
就在那裡！
※為了保護隱私，此處描繪之事件細節，部分與事實有出入。
被公開的衣服
而且死亡女子的衣服和特徵，跟出現在我夢裡的女子一模一樣。
臉看不清楚

為什麼？
那個夢
跟這個事件有關嗎？
怎麼會這樣啊？
夢到預知夢
的體驗，
不只這件事。
1976年11月的夢
還有這個。
我和友人Y
在電視機前，
畫面中正在
播放新聞。
出現了皇后合唱團
的主唱佛萊迪，
因為傳染病而去世
的新聞……
騙人！
不可以！
佛萊迪──
傳染病是什麼？
不是因為大麻或
毒品？
──我腦中
想著這些事。
Y是佛萊迪鐵粉，
當場哭了起來──

就在那時，我醒了過來。
……佛萊迪——死了。
莫名的不快感和印象極為深刻的夢——
夢のメモ
所以我告訴了大家。
那個……我夢到了皇后合唱團。
咦——太幸運了！
我和Y在看電視的時候，
哇！我也出現在夢裡嗎？
欸——
哇！什麼夢？怎麼樣的？說給我聽！
電視上正在播皇后合唱團的新聞……

內容是──「佛萊迪去世」
──這樣的夢。
會不會是──預知夢呢？
討厭啦！
不要啦！佛萊迪不能死~~~~！
嗚嗚嗚
嗚…嗚…嗚…
弄哭人了
Y啊，是夢啦！在講夢的事啦！
「就算是做夢也不行」，就像夢裡一樣，Y哭了起來。
可是，十年後的十一月，我又夢到了皇后合唱團。
那時候的夢裡，只有佛萊迪不在，這是──
1986年11月28日的夢
QEEN
又是在看電視的夢──
夢日記
1985～1992年

可是這次不是新聞，是在拍電影之類的花絮場景。
表演者是羅傑、約翰和布萊恩，佛萊迪沒出現。
電視
我正在錄影
1986.11/28.
咦？
在夢裡，不知何時我也上了電視。
有四個銅像？
皇后合唱團團員有四人，但夢裡的四座銅像，
沒有佛萊迪喔？
最左邊的銅像不見了
變成主唱之外的三位團員，還有一個不知名男人，總共四座銅像。
他在問羅傑，最旁邊的銅像是怎麼了！
電視台相關人員之類的
我心裡想著，我明明不討厭佛萊迪……
他為什麼沒出現呢？
這件事還有後續，五年後的十一月……

我決定跟朋友M去久違的英國旅遊，
就在出發的兩天前……
TRRR……
喂~~~~
竜樹，你看到電視了嗎？
是M？
電視？怎麼了？
快開電視！看新聞！快點快點！
等等，我現在開——
嗶！
今天早上，知名英倫搖滾樂團皇后合唱團的主唱佛萊迪·墨裘瑞——
ナイトニュース
在英國倫敦去世了……
咦?!

佛萊迪死了?!
欸，竜樹，後天我們到英國應該不得了吧……
報紙或電視都會是葬禮的……
在英國——連續幾天都反覆不斷播出相同的葬禮畫面——
1991年11月28日
知名搖滾歌手佛萊迪·墨裘瑞逝世
News Digest
英国 News Digest
然後，
回到日本後，在跟M交換旅行照片時，我發現一件事——
竜樹，怎麼了？
欸…
明明有…
1991年11月28日
英國News Digest［週刊］
知名搖滾歌手佛萊迪·墨裘瑞逝世
公開自身得「愛滋病」的24小時後
在日本也極受歡迎的搖滾樂團「皇后」合唱團的主唱——佛萊迪·墨裘瑞（Freddy Mercury，45歲）在24日晚上，因為愛滋病引起的支氣管肺炎，在倫敦西肯辛頓死亡。近兩年，他閉門不出，也未從事音樂活動，大眾媒體傳他「愛滋病」的風聞已久。但就在去世的24小時前，他透過經紀公司，發表聲明「愛滋陽性」，呼籲「一直以來我為了保護身邊人的隱私保守秘密，然而現在已經到了該讓朋友和世界各地的歌迷知道真相的時候了。我希望大家可以支持我和全世界的夥伴們」。
出生自帕西人信守的嚴格宗教瑣羅亞斯德的家庭，墨裘瑞在整個七〇～八〇年代，都是英國搖滾界的超
ISSUE
No 310

※這是針對在英日本人發行的報紙。

有了！
看著電視的友人Y知
畫面中正在播放新聞 佛萊迪→忘記了 什麼什麼因為得到傳染病死掉的新聞…
咦…
騙人！
Y哭了起來—
安慰她的我
1976年11月
•電視上播放的是訊息。(給自己的)
•新聞的情況是重要訊息。可能將來會碰到
什麼？
我——很久以前就做過佛萊迪死掉的夢。
咦？什麼？太強了！預知夢嗎？
哪個？
那是——預知夢吧……
你這裡不是有寫嗎？「電視上播放的是訊息(給自己的)」……
而且你當時還有分析：「變成新聞的這種情況，將來或許會碰到——」
不過，那時候沒想過真的會是預知夢……
欸！

這不是十一月嗎！跟十五年前一樣是十一月！
什麼？
後來還有夢過一次皇后合唱團……那是什麼時候的事啊……
有了！
啊——
我又夢到QUEEN
我上電視了
1986.11/28.
預知夢分成兩種類型——
英國News Digest
1991年11月28日
在日本也極受歡迎的搖滾樂團「皇后」合唱團的主唱佛萊迪‧墨裘瑞(45)在24日晚上，因為愛滋引起的支氣管肺炎，於
直接看到未來實際會發生的預知夢，以及……
象徵性的預知夢——「預知」以其他共同形象的載體傳達，作為訊息出現在夢裡。
穿著白色和服微笑的爺爺
跟他說話也不應，為什麼？
和服的衣領反了
• 白色衣服表示死亡
• 笑容是離開的悲傷
• 不回答是死亡的預兆
騙人…
騙人……
碰砰
騙人

1993年9月14日記錄的夢境
我的夢是屬於這種「象徵夢」的類型。
後來才知道，原來那是預知夢，這個夢也是一樣的情況。
年
然後一年後（'94）的同一個月（這是現實）
咦？
山形的舅舅去世了？
我、我知道了！我會去！
那時候正在畫十五日要交的稿子。
好～
後面～
完成的有一、二、三……好像來得及……
喂～走了喔！
準備好了嗎？
好～
老哥！不好意思，去一下超商！
我必須先寄出稿子！
我知道了！快點啦！沒時間了！

在天亮前拚命飛車趕路，
總算是趕上葬禮的時間。
那是——去舅舅家路上的事……
撞見了在夢裡看到的景色。

當然，我當下拍了照。
回家以後，貼在看到同樣場景的夢日記那一頁，結果……
小竜！這！你做夢的日期跟照片的日期是一樣的！
真的嗎？
啊！
偶然來家裡玩的朋友→
日期一樣？
這麼一說，夢見皇后合唱團的那天，也跟報紙的日期一樣。
所以不是死亡的預知夢，是「在這一天」會體驗到這件事……在現實生活中會知道之事的提前預告嗎？
原來如此……我——哪——
那個預知啊……
但是？為什麼是我？
哎呀？
報紙的剪報？為什麼夾著這種東西？

我也夢到了
那個人質事件中的寶寶的臉。
是那個事件發生時的寶寶嗎？
眼睛很大超可愛的寶寶 1~2歲
1995. 10
持刀進入郵局的男人 搶奪了100萬円
挾持小孩當人質
1995年12月
嗯，臉是一樣的。看到馬上就知道是誰。
「啊！是這孩子！」
啊……也出現過有趣的預知……
完——全不認識的男人哪……
男人說：「我是不討厭她，但完全沒有戀愛的感覺。」
我
我心裡想著：「她？是誰？」
夢只有那樣就結束了。
一個月後，
RRR……
RRR……
很久沒見面的朋友M打了電話來——
對方跟你說：「是不討厭啦，但完全沒有戀愛的感覺……」所以你失戀了？
什麼？
跟M說了夢境，後來——她給我看了男朋友的照片。
啊——這張臉！
真的耶！好像！
夢日記
照片不能公開，總之是一模一樣。
←棕色的這種髮型
傑尼斯系的高挺鼻子→

※刊載在雜誌時是一九九六年。

這個夢還意味不明……
你用這張圖畫了分鏡了吧？
因為夢到之後，我想說乾脆畫下來當作品發表。
那——畫了嗎？
沒辦法畫。
我是畫了分鏡，但在畫的時候，我全身起了雞皮疙瘩……
什麼？
畫不出來？
又冷又想吐……結果就中斷了……
那麼……？現在還好嗎？

因為現在的感受性沒有那時候強……
但是，如果是預知夢……
一九九六年的話……就會是今年夏天的事喔！
這個——！
1981年的夢
96嗎？夏天？
海水突然消失
退潮
激烈的退潮
各地發生小型地震
然後在短短的幾分鐘後
連飛機噪音都比不上的……聽到了從地底發出的像是響徹在身體裡的可怕聲音……
響徹在身體裡……
ゴ…
轟轟
聽到了好像很可怕的聲音，
ゴゴゴ
有什麼東西慢慢接近的聲音，
接著，
出現了！
是海嘯！
轟轟

竄逃的人們的聲音，
很短的時間裡發生的事，
在夢中——
睡著的我
醒了過來……
看了一眼手錶，
時間停在五點左右。
海嘯是夢嗎？
還是現實——？
夢中的我
雖然一下子
沒辦法確定，
城鎮的樣子不太一樣——
我開始慢慢察覺了……
天橋？
在霧裡看不太清楚，
可是……
有這麼多階梯嗎？

過了天橋以後，本來應該有的「前面」消失了——
小島
籠罩著大霧
大船有3艘
客船
只有一點像島一樣的東西
這邊有像百貨公司之類的
組合屋
中間還在賣剩下衣服等等東西
天橋
海
1981.8.
前方停靠著三艘大船，只鋪了方便上船的板子（橋）。
夢境就結束在這裡……
但這座天橋……
啊！這個？是什麼——？
雖然我對這座天橋完全沒印象……
你看這裡……車站前不是新蓋好了天橋嗎？
是——那個嗎？
這個
不知道……
但是，有點像……

很‧像吧——？
'96 6
我不知道海嘯的原因，
被海嘯侵襲的城鎮在哪裡呢？
只是夢而已嗎？還是預知夢呢？
不‧久——就會知道了……
《我所看見的未來》◎完

「夢日記」解說

《我所看見的未來》
漫畫的底本，
是記載了自己夢境的
「夢日記」──

畫在漫畫裡的、
沒畫進漫畫裡的──
以下我用「夢日記」為基礎，
詳細解說我的預知夢：

為什麼封面上畫了
「大災害是在 2011 年 3 月」？

此外，
超越 311 大地震的
新預言是──

解說：竜樹諒／統整：中村友紀

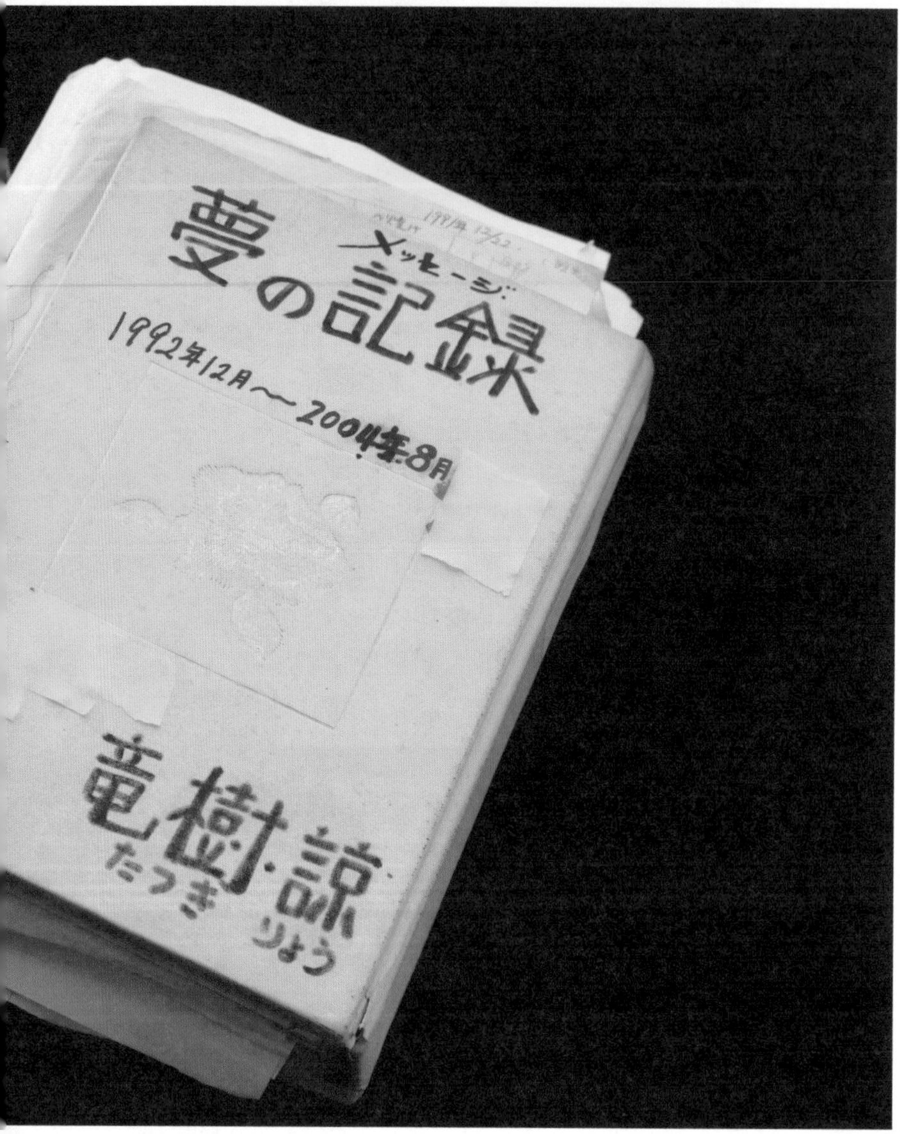
夢の記録
メッセージ
1992年12月～2004年8月
竜樹・諒
たつき
りょう

夢日記

以日記本形式留下來的就是這兩本「夢日記」。如果後來在現實中碰到了和夢境相同的內容，我會把照片和報紙新聞剪報等夾進去，所以變得這麼厚。2004 年 8 月以後的夢境，雖然沒寫在日記本裡，不過留下很多筆記。

為什麼我會開始撰寫夢日記？

我想每個人都會做夢，只是大多數人都在醒來時就忘記了。

我的情況是，如果夢到了印象深刻的夢，**就算醒過來也不會忘記**。這樣說好了，因為在記憶裡鮮明地留下了一些夢境，說不定那些夢有特別的意義，**可能跟未來的自己有關**，所以這是我開始慢慢地筆記夢境的契機。

那是我出道當漫畫家的時候，**一九七六年**左右開始的。

但是，筆記很散亂，連是什麼時候做的夢都不清楚了。

當時在醫院工作的母親，收到了任職某印刷公司的患者送的，名為「假書」的打樣，是只做好封面，內頁是全白的樣本。

「你要用嗎？」母親給了我，於是我心想可以拿來記夢。真正開始好好記錄夢境，是從一九八五年開始的。

那個時期，**分量十足的夢日記有兩本**（見前頁照片）。都舊了，看起來破破爛爛的，不過還保存著。

夢日記裡都寫些什麼？

基本上，我把夢日記**放在枕頭邊**。

成為漫畫家以後，為了想一有靈感就能馬上記下來，養成了把筆記用品放在手邊的習慣，對我來說那變成了理所當然的事。

寫在夢日記上的事，不一定都是預知夢。

簡單來說，所謂的夢，因為精神影響或壓力做的夢很多，幾乎都是很**私人的內容**。截稿死線逼近還沒有靈感，焦急著不知道如何是好的時候，責任編輯打電話來催了……「啊！是做夢啊」之類的——

漫畫〈夢境訊息〉裡也畫過（第19頁），那種精神壓力或許透過做夢可以發洩出來，精神醫學上好像也有這種說法。

是不是預知夢，只能用結果是否「在現實中發生了」來判斷。

不過，我覺得我的狀況是：**預知夢只限於「和自己有關」的事件或事故**。是因為年紀漸長，跟社會的關連也變多，所以做預知夢的次數也增加了吧。

封面描繪的預知夢真相①

畫下「大災害是在二〇一一年三月」的理由

當時其實是想寫「**一九九九年的災害是小規模的，而大災害是在二〇一一年三月**」。這個具體日期「二〇一一年三月」，是我在《我所看見的未來》初版單行本截稿日那天「**夢**」到的。

這個日期和漫畫裡畫的大海嘯的夢是否有關，那時我完全不知道。但是，我認為**這是個很重要的日期，所以緊急加上、只寫了年和月**。

那時，社會上盛傳著諾※斯特拉達穆斯的末日預言，我想如果藉由警告，讓更多人有所警覺的話，大災害也是可以避免的。

不過，我想我那時寫下的日期，大概沒人相信。實際上發售時也沒成為太大的話題。

從56頁開始，我想在此解說封面上畫的幾個夢到底是什麼樣的內容，還有後來的狀況。

※ 諾斯特拉達穆斯（Nostradamus）的末日預言

諾氏是十六世紀法國猶太裔醫師、占星家，有人解讀了諾斯特拉達穆斯於 1555 年出版的預言集《百詩集》（Les Prophéties），說「1999 年 7 月」會迎來「人類滅亡之日」。1973 年在日本出版的《諾斯特拉達穆斯大預言》（五島勉／祥傳社）一躍成為銷售逾二百五十萬冊的暢銷書。

舊版的封面圖

《我所看見的未來》封面上畫的夢，都沒有在漫畫中登場。為什麼沒畫？因為只有夢而已，不具備成為漫畫的要素。不過，夢中清楚地看到了「大災害是在 2011 年 3 月」的影像。

封面描繪的預知夢真相②
黛安娜王妃之死

英國的黛安娜王妃※車禍去世，是一九九七年八月三十一日的事。大家都知道，她的座車是為了甩開八卦媒體的狗仔隊跟拍，才發生了慘重的車禍。

其實，我不知道這樁車禍跟我有什麼關係。不，不如說完全沒有關係吧。左頁這張圖，是我如實地把夢中所見速寫出來的。所以，我也不是很確定是不是黛安娜「王妃」。

一張畫了圖的紙（速寫）出現在夢境，**叫喚「黛安娜」的年長女性的聲音**（像是伊莉莎白女王的聲音），**還有名字的拼音「DIANNA」**。畫裡，和我的自畫像一起，出現了抱著小孩的「黛安娜」的女性之照片——是這樣的一個夢。

這篇夢日記是一九九二年所寫，黛安娜王妃去世是一九九七年。日期是同一天，夢境和現實事件剛好差了五年。不過夢裡的感覺完全沒有她即將去世的形象。所以，也許可以說是**後來讀者們的「腦補」**。

※ **黛安娜王妃**（Diana, Princess of Wales，**本名** Diana Frances Spencer）
英國的第一順位繼承者威爾斯王儲查爾斯的首任王妃。1996 年離婚，1997 年在巴黎遭遇交通事故而不幸身亡。

※圖中文字翻譯請對照別冊（第3頁）

夢的日期：1992 年 8 月 31 日

夢中，我看到在城堡裡抱著小孩的女性和「DIANNA」的文字。做這個夢的前一年，我到英國旅行，也去皇室的宮殿參觀，但是這個夢是否和黛安娜王妃有關，到現在我也不明白。

封面描繪的預知夢真相③
富士山大爆發

夢中富士山雖然爆發了，但只是象徵性的噴發，不會發生大規模的災害。根據夢境診斷，**「火山爆發＝因為世界性恐慌或流行病而陷入恐慌」**。所以，富士山不會大爆發，沒問題的。只是，總之**不是大家想像的那種大爆發**。

噴發，會想到從火山口邊流出岩漿之類的感覺。但應該不是會讓東京崩壞的那種大爆發。

會這麼說，是因為──**關於富士山的夢，包含一九九九年出書後，我其實夢過三次**。

一開始是左頁這張一九九一年的圖，第二次是二〇〇二年，當時我寄住在種了漂亮梅園的地方，從那邊看得到富士山，不是噴發的夢。

第三次是二〇〇五年，夢中我坐在小飛機上從正上方往下看富士山火口，想著「**真是漂亮的死火山啊**」。很巧的，後來朋友跟我說「我從飛機上看到富士山的火山口喔」，給我看了照片，就跟夢中見到的風景一樣。

※圖中文字翻譯請對照別冊（第4、5頁）

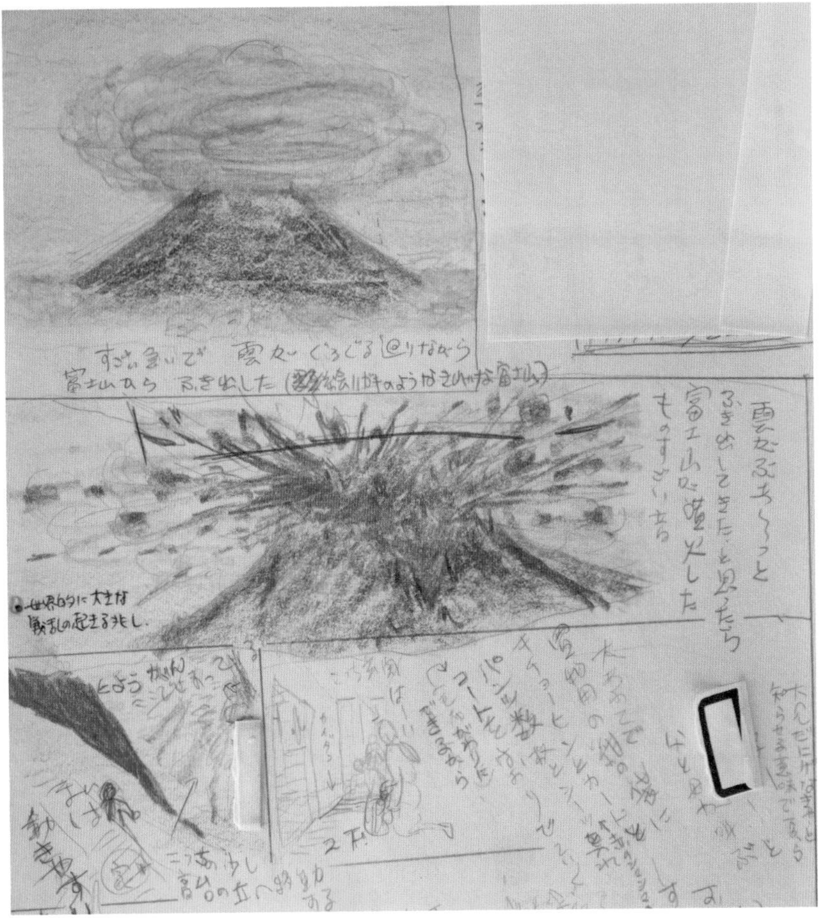

做夢日：1991 年 8 月 20 日　第一次的夢是富士山大爆發的場景。趕緊逃跑的我。

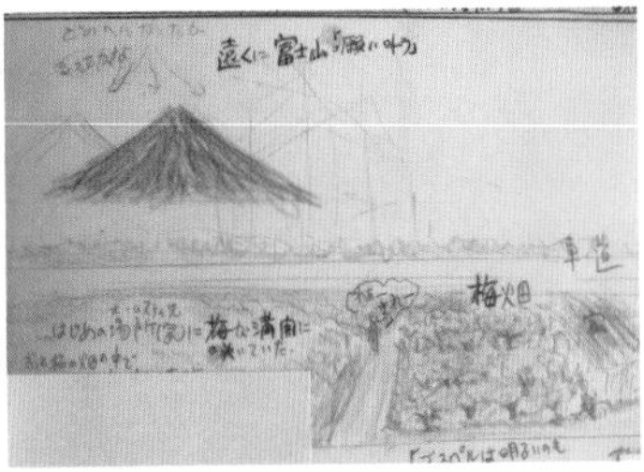

做夢日：2002 年 5 月 27 日
從梅園遙望富士山。

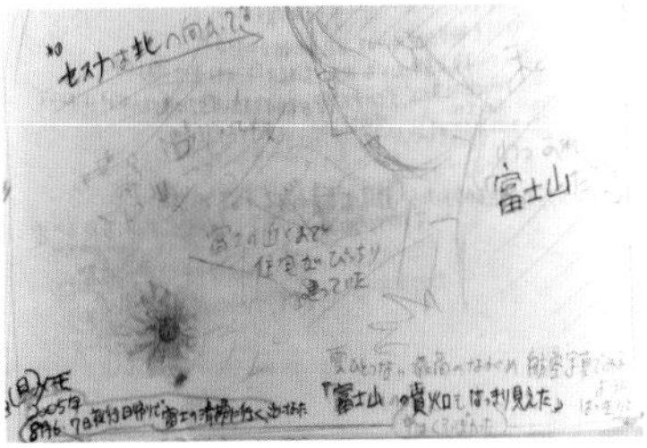

做夢日：2005 年 6 月 11 日
從小飛機看富士山火山口。

封面描繪的預知夢真相④

殘破損壞的大地

一九九五年一月二日做的夢。

紅色的大地上，有兩個地方出現了巨大的龜裂、裂痕。空中有一個人（女性），我說出「帶我走」以後，對方回答**「還沒，現在不行喔。五年後吧，過了五年我會來接你」**。

這個夢讓我很在意，查了很多夢境診斷之類的資料。裂痕和我掌紋的婚姻線很像，所以是結婚的預知夢嗎？還是我壽命將盡的日子呢……？從什麼時候開始的五年後？我提心吊膽地過日子。

但是現在，我總算知道那個答案了。

那是——**「我任務結束的日子」**。

詳情我在這個章節最後會再寫到，我看到了**二〇二五年襲擊日本列島、影響整個地球規模的大災難**。

如果這是我的任務——防災，為人們敲響警鐘——任務終結之日就是二〇二五年。

※圖中文字翻譯請對照別冊（第6頁）

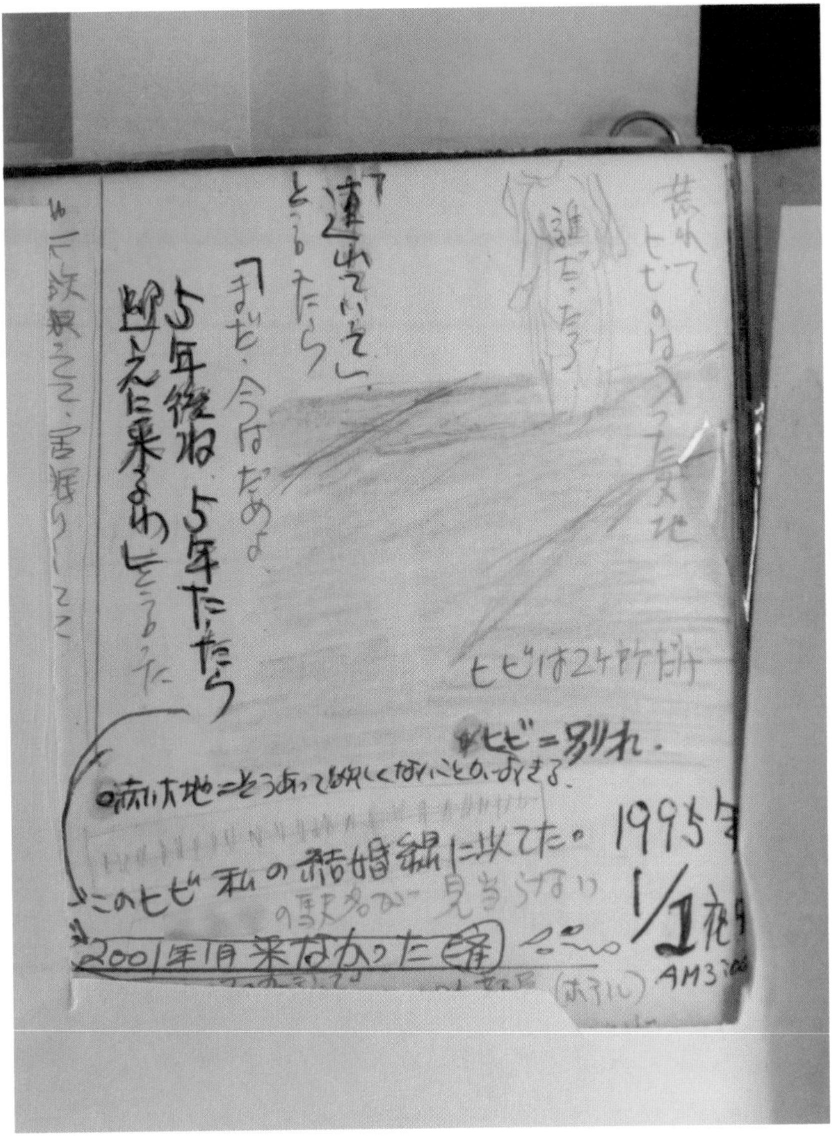

做夢日：1995 年 1 月 2 日

夢中聽到「過了五年我會來接你」這樣的話，讓我印象非常深刻。我曾經害怕這莫非是「我的死期」，到了現在，我總算想通那大概是「我的任務終結之日」。

封面描繪的預知夢真相⑤

我的喪禮穿白色的衣服就可以了

做夢的日子是一九九五年十一月二十六日。

不知道是不是因為以前日本的喪服是「白」的，現在改穿「黑」的，在夢中，我寫下遺書：「（在我的喪禮上）與其穿黑色的喪服，如果大家如果能穿白色衣服來就好了。大家可不可以穿著白色的衣服來喪禮呢？」於是大家穿了白色的衣服來——是這樣的夢。

明明是十一月做的夢，**夢中的日期卻清清楚楚看到是「七月十五日」**。

那之後，其實我在二〇〇七年五月十四日也夢到了「五月二十五日我會死」。因為都是五月的事，所以二十五日時我心驚膽跳，對周遭提高警覺地過了一天。

根據夢境診斷，**夢見自己的葬禮有「不好的個性會死掉，人格會改變」**、**「會獲得大筆財富」**、**「人生的新開始」等意思**。而白色衣服表示「宗教性的生活方式」。

這個夢到底是什麼意思，直到現在我還不知道。只希望是好事。

※圖中文字翻譯請對照別冊（第7頁）

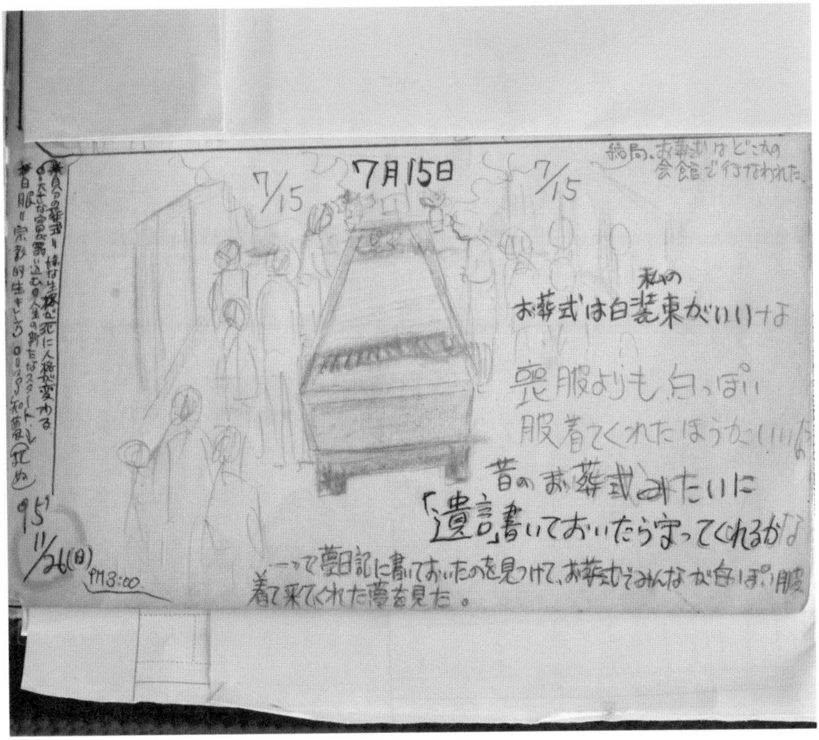

做夢日：1995 年 11 月 26 日

場所在里民活動中心，我的棺材放在正中間，大家圍在棺材旁邊。

漫畫家時代的事

我原本沒想過要當漫畫家。不過因為十七歲的時候發生車禍的緣故，高中畢業以後，開始思考有什麼工作可以在家做、能留下活過的證據、而且不用露臉就可以做——那時，我看到了書架上哥哥買的石森章太郎老師的《漫畫家入門》，想著「就是這個了！」於是開始讀。之後準備好文具，開始畫漫畫……儘管因為不習慣畫筆，外行感顯而易見，一看就覺得很悽慘……但還是拿去出版社投稿。

我尤其不擅長寫故事，每次被批評我就修改，而且為了習慣畫筆，光練習就畫了一百張稿紙左右。整整一年重覆做那些事。

那段期間，我也開始做專業漫畫家的助理，等待老師稿子的時間就畫自己的稿子。也是在那時候，秋田書店的編輯向我邀稿——「我們想要你這種華麗的畫法，要不要在我們出版社出道？」

當時我雖然在白泉社的《花與夢》漫畫雜誌得了獎，可是沒保證能出道，也不知道什麼時候才能出道。煩惱到最後，決定要在剛創刊、正缺漫畫家的《月刊公主》出道。

不過，編輯也知道我不擅長編劇，所以我的出道作是有原作的。那篇作品是《月刊公主》

一九七五年七月號刊登的〈鄉廣美物語〉。

回想起來，當時也曾經發生過下述這種不可思議的事——

當時的漫畫家，有所謂**「閉關」**（日文寫作「缶詰」）的做法，截稿期將近時，包含助理，全部的人一起關進旅館，一直到稿子生出來之前都不能離開。吃飯是叫外送或是請人送來。我們稱這個做法叫「閉關」。

下述故事是大家在編輯部附近的旅館裡閉關時所發生的事，那裡是因為**經常出現幽靈而聞名的旅館**。

事情發生在深夜時分，大家為了保持清醒而講起怪談的時候。因為聽說總編輯要來，所以全部的人緊張起來，集中精神在稿子上。突然，門「啪」地一聲打開了，從門縫看到總編輯正看著我們這邊。那個時候，在場所有的人都看到了一頭毛躁亂髮的總編輯。

我們更努力專心在畫稿上，到後來竟完全忘記了總編輯的事。

到了早上，不知道是誰說了**「欸？總編輯沒進來耶？」**

後來認真想了一下，房間應該一直是鎖著的。

結果，那一天總編輯好像根本沒來旅館。

像這類不可思議的事情，不只發生一兩次。雖然可怕，但是不覺得很有趣嗎？

（攝於舊金山喜來登皇宮飯店！）

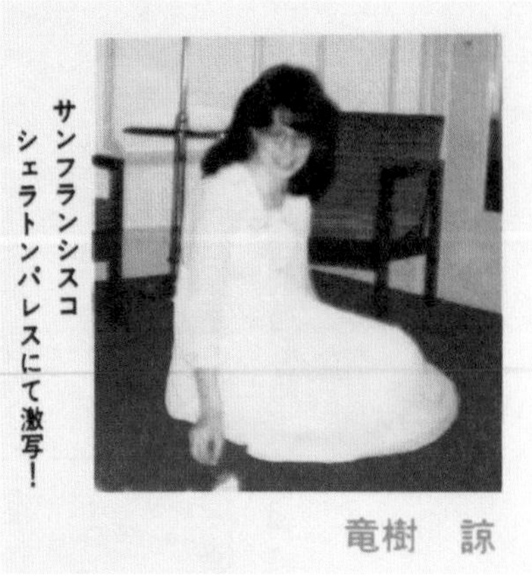

少女漫畫家時代的我

上面的照片，是在少女漫畫雜誌《公主》上刊過的漫畫單行本《寶石物語》上的作者近照（當時二十幾歲）。其他少女漫畫的單行本還有《人偶物語》（1980）、《時間裡的少女》（1982）、《泰姬瑪哈陵的城鎮》（1982）、《水藍色的航空信》（1983）等。

※圖中文字翻譯請對照別冊（第8、9頁）

竜樹諒官方粉絲俱樂部會報刊物《Crash》創刊號

粉絲俱樂部是 1982 年開始的。青池保子老師、笹谷七重老師、美內鈴江老師、魔夜峰央老師等總共十七位大名鼎鼎的漫畫家，為創刊號捎來了祝賀的留言和插圖。

小時候的不可思議體驗

我記得的第一個不可思議體驗，可以回溯到九歲。

九歲的時候，我經歷了第三次的搬家。可能因為轉學生很稀奇吧，沒有人來跟我說話。上學很痛苦，我常常蹺課，在神社或是公園殺時間。那樣的日子裡，某一天，我因為感冒睡昏頭的時候，第一次想了很多。

「為什麼，我是我呢？」

「為什麼出生在這個地球，為什麼非是這個身體不可？」

這時候，我想像意識飛上了宇宙，從空中看到自己。

看到自己住的房子的屋頂，在那個房子裡，躺著休息的自己……

這麼一來，自己的想法和煩惱，都變得很小。而在下一個瞬間，我感覺到了**「來自宇宙的視線」**。

望向天空，有一個老人坐著看著我。白頭髮、白色的長鬍鬚。裹著身體的布也是純白的那個人，臉上帶著笑。

「如果有神的話，可能是這種感覺的人吧……」

這樣想的瞬間，**充滿了一股「好懷念」的情緒，伴隨一種「想回到親人身邊」的心情，眼淚也流了出來。**

小四（九歲）時看到的「創世主」

我眼中看到的是像耶誕老人般的長相──白色的長鬍鬚、白頭髮、裹著純白的布，微笑著的老人。那時候我覺得「如果有神的話可能就是這種感覺的人吧」。後來我將祂解釋成是人類命名的「創世主」。

不當漫畫家的理由

話題回到漫畫家時期。以畫少女漫畫出道的我，到了一九九〇年代，創作的重心轉為怪談或恐怖懸疑作品。很好玩，也很有趣，但是因為我不太會自己創作故事，越來越辛苦。

於是將一九九八年九月發表的〈白色的手〉漫畫作為最後的作品，我宣布要進入「充電期」，不畫漫畫了。不，真要說的話，應該**不是「不畫」了，而是「畫不出來了」**。

除了故事點子之外，漫畫家還需要體力。畫畫的時候身體一直往前彎屈，背痛、脖子痛、肩膀也痛……當時的我已經到了極限。

我喜愛畫畫，所以後來去上電腦繪圖課；因為母親的影響，也對醫療事務感興趣；另外還有像是居住環境社會福利協調規劃、建築相關等，只要是有興趣的研習課程，我就都去上課，不斷活用經驗和研習課程，享受工作。雖然大多都是一年期的約聘工作。

回過神來，我不當漫畫家已經過了二十二年了。

印度旅行成了巨大轉捩點

一九九八年，身為漫畫家的最後一年，我去了印度一趟。對我來說，這次旅行是很大的轉捩點。說得誇張一些，就是**覺醒了**吧……剛好迎向了世紀末的時代，是諾斯特拉達穆斯的預言引起騷動的時期。清楚看到「大災害是在二〇一一年三月」的日期，正是印度旅行回來以後不久的事。

去印度的目的之一，是為了**跟聖人賽・巴巴**※**「重逢」**。當時日本出現了賽・巴巴熱潮，也有電視節目製作專題介紹。我一看到他的臉就感到非常訝異——**「這就是出現在我夢裡的人」**、**「為什麼這個人會出現在我的夢裡？」**我心想這也許能成為漫畫的題材，去見他的話會發生什麼事吧……如果沒發生任何事也就算了，總之我得去看看。

順道一提，有照片特寫了賽・巴巴的手。**看他的手相，命運線跟我一樣**。我非常在意這一點，那也是我去印度旅行的動機之一。

去印度以後才知道，**我上輩子是賽・巴巴的女兒**。

那是發生在我去人們齊聚在賽・巴巴身邊的場所，所謂面見（darshan）時候的事。我被賽・巴巴「搭話」了。

※ 實諦・賽・巴巴（Sathya Sai Baba, 1926-2011）

印度聖人。因為可以憑空變出各種如寶石、手錶或戒指等小物示人的超能力，受到全世界矚目。得到全世界的眾多信奉者，以信眾的獻金為基礎展開慈善事業，也是活躍的社會慈善家。

我清楚聽到**「I know.」——「我知道喔。」**（是過了好一陣子之後，同團的導遊跟我說「尊貴的賽．巴巴出聲了嗎？」因為本來以為是聲音，所以心裡充滿了問號〔？〕，不過如果賽．巴巴出聲的話，旁邊的人應該會察覺，所以我想「或許不是聲音」。）

在回日本的前一天，有一位在做氣功的日本女性跟我搭話，說：「賽．巴巴跟你說『留下來一會』。」不知道是不是真的，雖然坐下來等了，不過賽．巴巴沒出現。

過了一陣平靜祥和的時間，我被睡魔襲擊。

我心想，在這種地方睡著也太沒分寸了吧，用絲巾蓋著頭遮住臉，打起盹來。結果一陣風吹來，我的絲巾被掀了起來。我一看，旁邊坐著的女性也用絲巾蓋住頭，但她的絲巾沒被掀開。

後來那位女性這麼說：

「因為看不到臉，所以賽．巴巴吹起一陣風只掀開你的絲巾而已。我以為我的也會掉下來，不過我的就聞風不動，沒有風吹過來。」

這恐怕是因為賽．巴巴想要好好看他前世女兒的我有精神的樣子吧。實際上也不是賽．巴巴真的來過，接著做了這些事，要說是偶然的話，也只是這些事而已，不過那位女性是這麼跟我解釋的。

坐在賽．巴巴的訪問室前的時候，就像是失憶的人突然想起過去的事情，有一股非常不可思議的感覺。**為什麼自己死掉了，為什麼和父親分開了，清楚地看到前世的記憶**。也有哭泣

和賽・巴巴的「重逢」

賽・巴巴的手相（右手）。命運線和我（左手）一樣。
（照片是在印度買的照片卡〔作者私人收藏〕）

下圖是 1999 年出版《我所看見的未來》單行本時的後記。因為關於賽・巴巴的一切，我完全沒有畫進漫畫裡，所以當時的讀者也許會覺得唐突。

※圖中文字翻譯請對照別冊（第10頁）

的賽・巴巴的身影。

在前世，我的父親賽・巴巴是英國的報社記者。連名字和出生年月日都看得很清楚，所以記在筆記裡。不知道到底是不是真有其人，如果能調查出來的話應該很有趣。時代是一八〇〇年代。一家人搬到採訪駐地的科威特，身為女兒的我在十二歲時罹患瘧疾去世了。是耶誕夜的事。

父親因為女兒在眼前死去，卻什麼都做不了，只能哭泣。

女兒怎麼了呢？好像連投胎轉世變成賽・巴巴，他心裡還是記掛著，所以，也促成了在印度的重逢吧。

在印度也發生了很多其他不可思議的體驗。自己的眼鏡在手上慢慢地轉了半圈、或是差點就要靈魂出竅、靈魂和心的奇蹟、知道了何謂覺察的意義……這裡真的寫不完，不過，這段旅程對後來的我而言，無疑是非常巨大的轉捩點。

漫畫中描繪的大海嘯
並非二〇一一年三月發生的那個

海嘯的夢，我從十幾歲就經常夢見，非常有衝擊性。

那麼巨大的海浪讓我深感訝異，從夢裡醒來還像是看到電影場景一樣印象深刻，沒辦法忘記。所以，想著要在還記得的時候先畫下來。

左頁圖中畫的分鏡圖（漫畫的原案），比在《我所看見的未來》發表時還要更早十五年以上，是一九八一年畫的。

這個夢究竟是不是東日本大地震的海嘯預知夢，我也不知道。那終究是大家事後的解釋，至少我自己，當初沒有那種自覺。

東日本大地震是冬天，但**夢中的我穿著短袖的夏季服裝**。而且，**夢裡面我看到的海嘯高度，比東日本大地震的更加巨大**。

所以，我現在覺得，這個夢境，**是後來夢見的關於「二〇二五年七月」**的預知夢吧。

※圖中文字翻譯請對照別冊（第11頁）

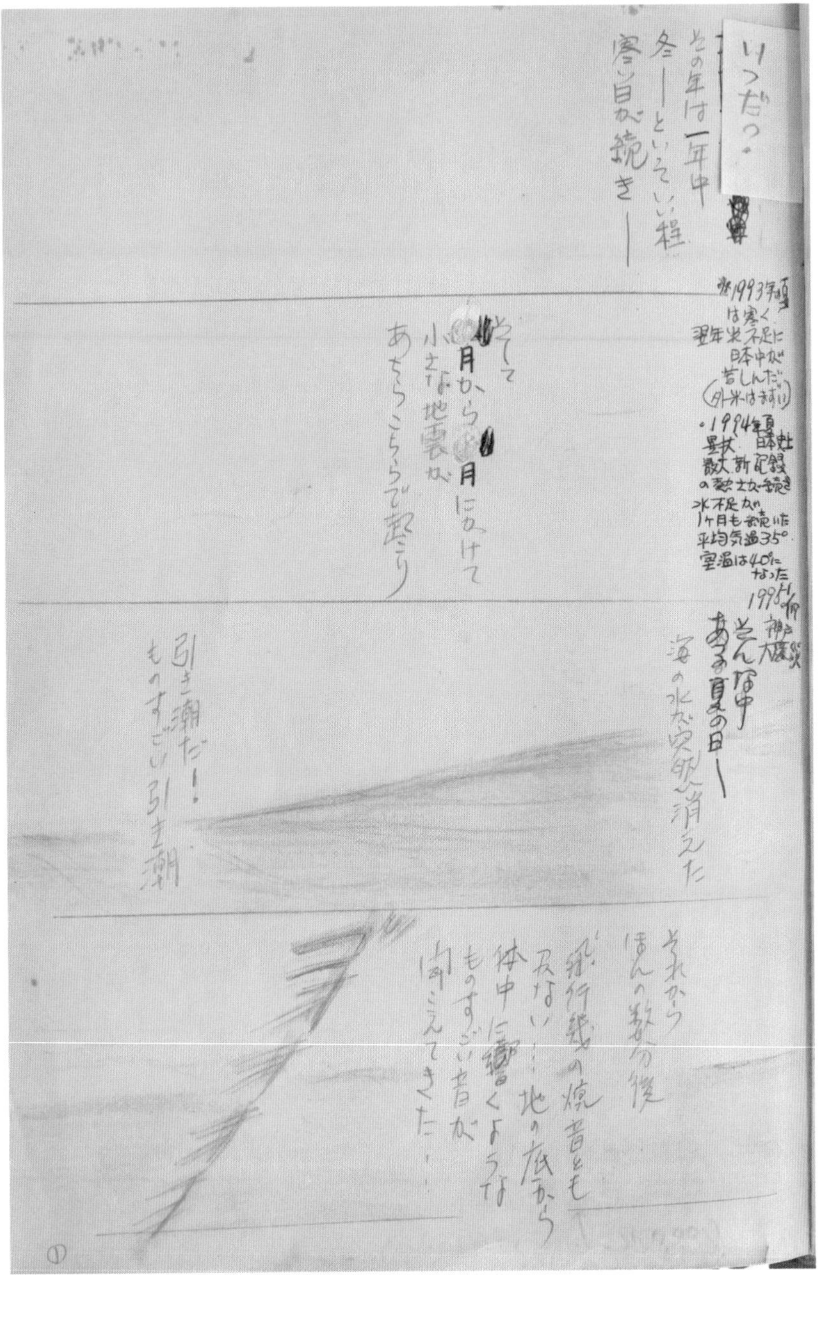

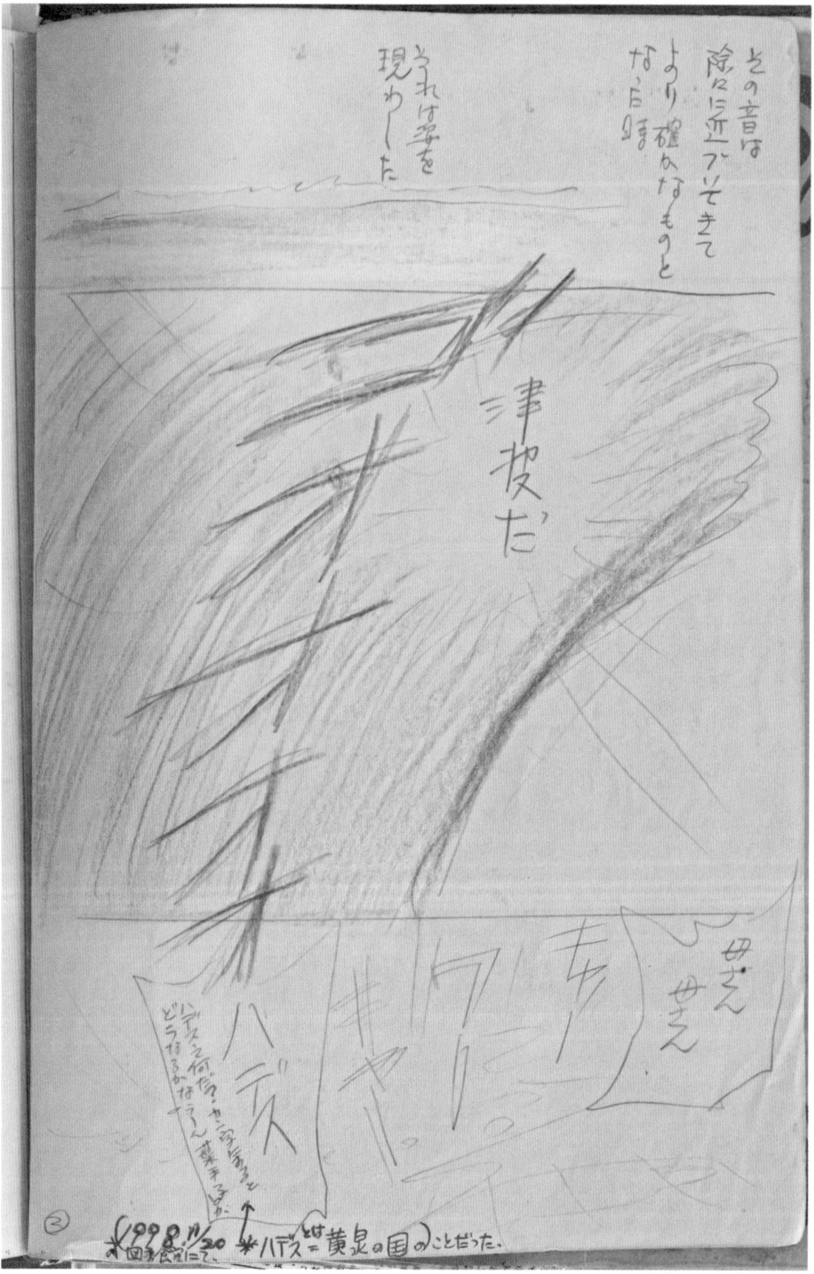

その音は
より確かなものとなった時
それは姿を現わした
津波だ
母さん
母さん
キャー
ワー
ハデス
＊ハデス＝黄泉の国のことだった。

※圖中文字翻譯請對照別冊（第13頁）

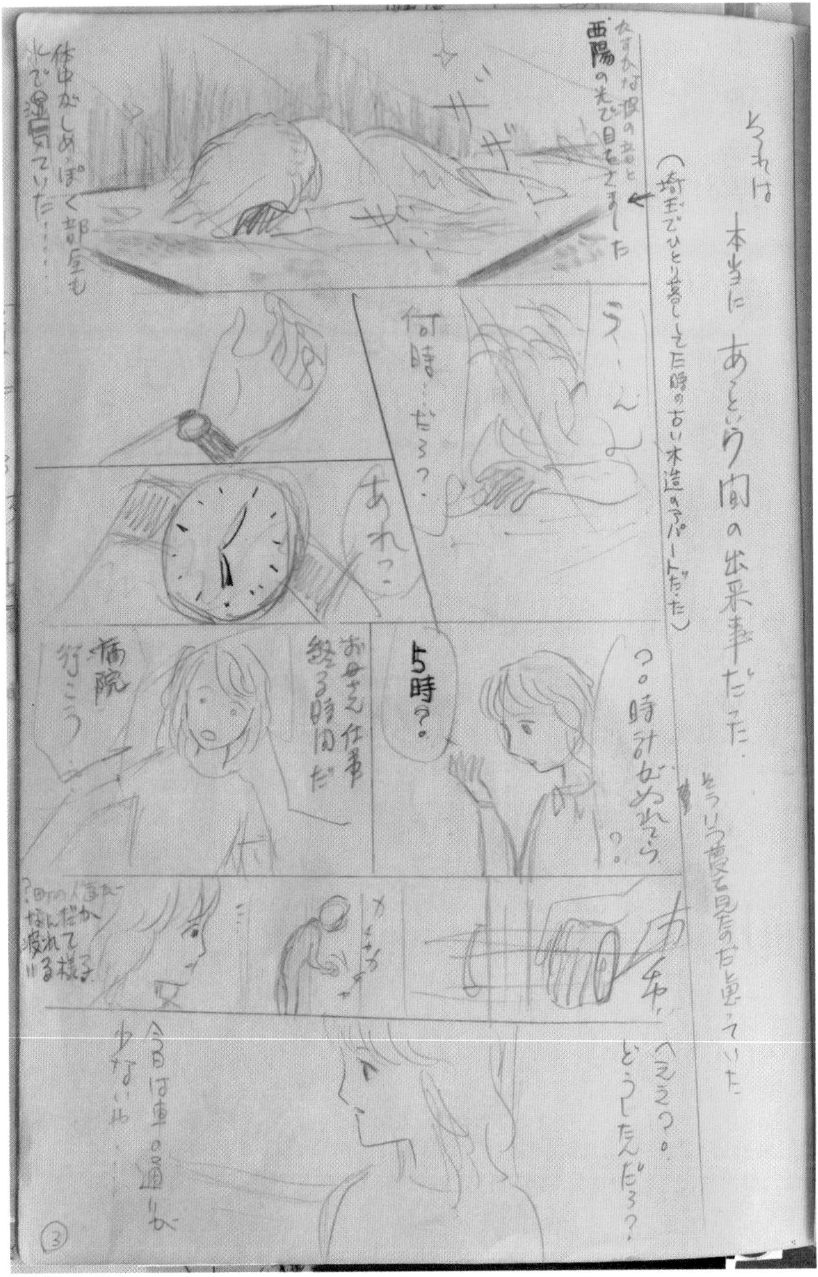

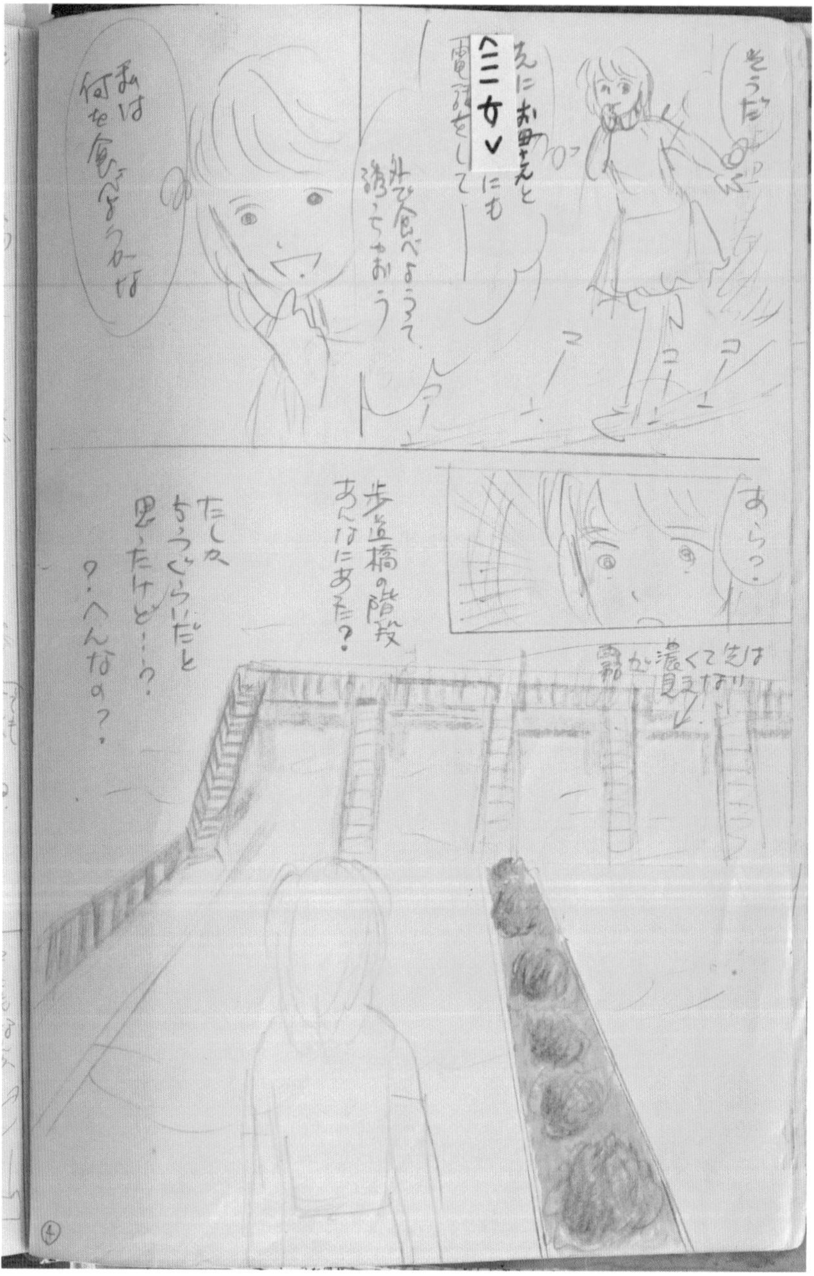

※圖中文字翻譯請對照別冊（第14頁）

※圖中文字翻譯請對照別冊（第15頁）

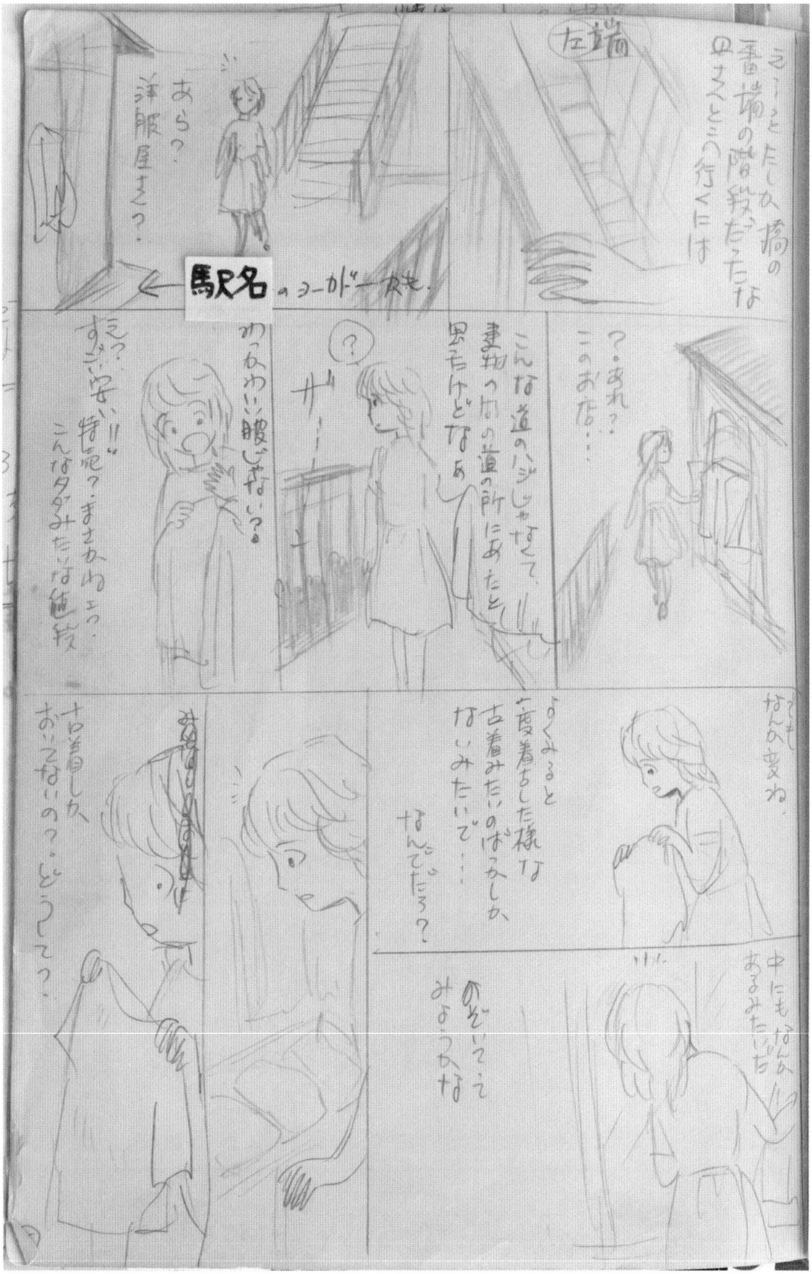

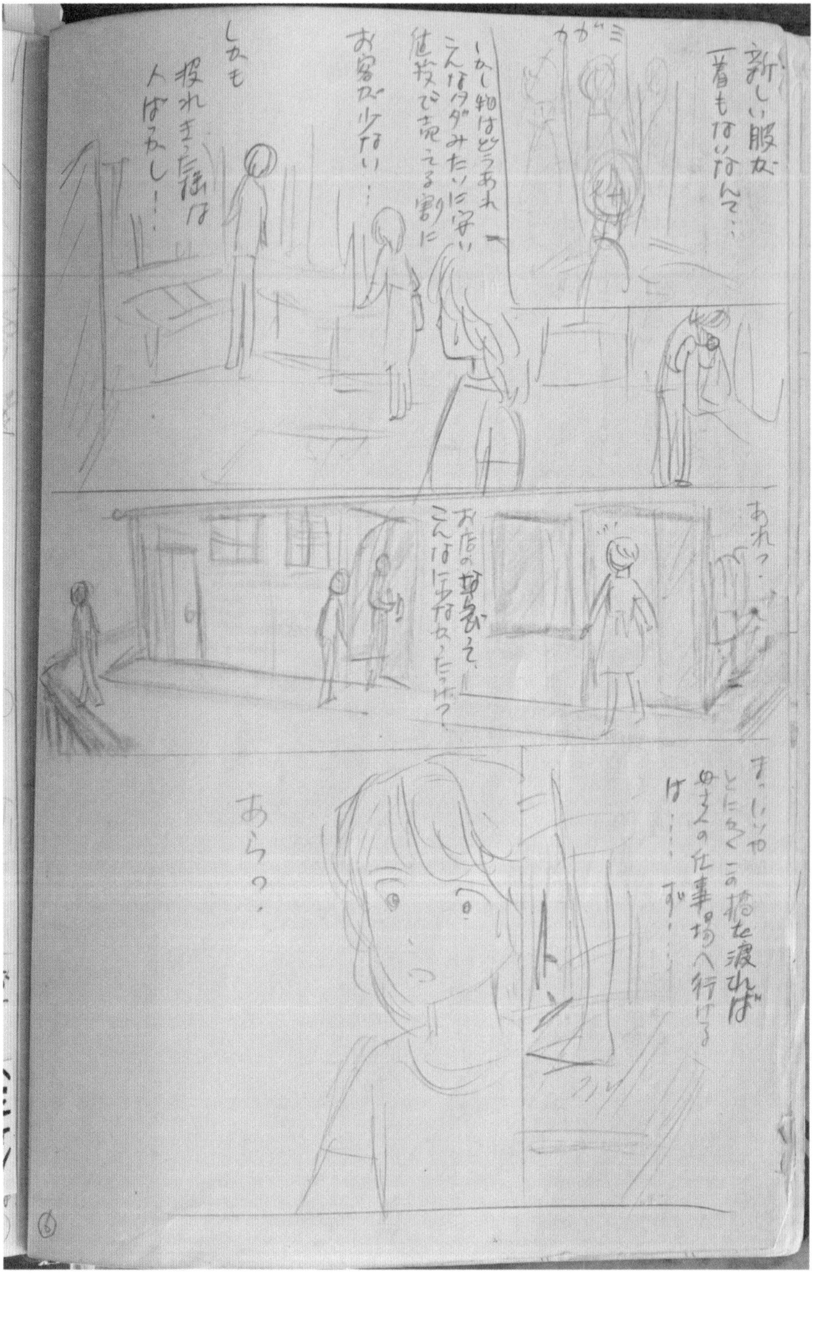

※圖中文字翻譯請對照別冊（第16頁）

※圖中文字翻譯請對照別冊（第17頁）

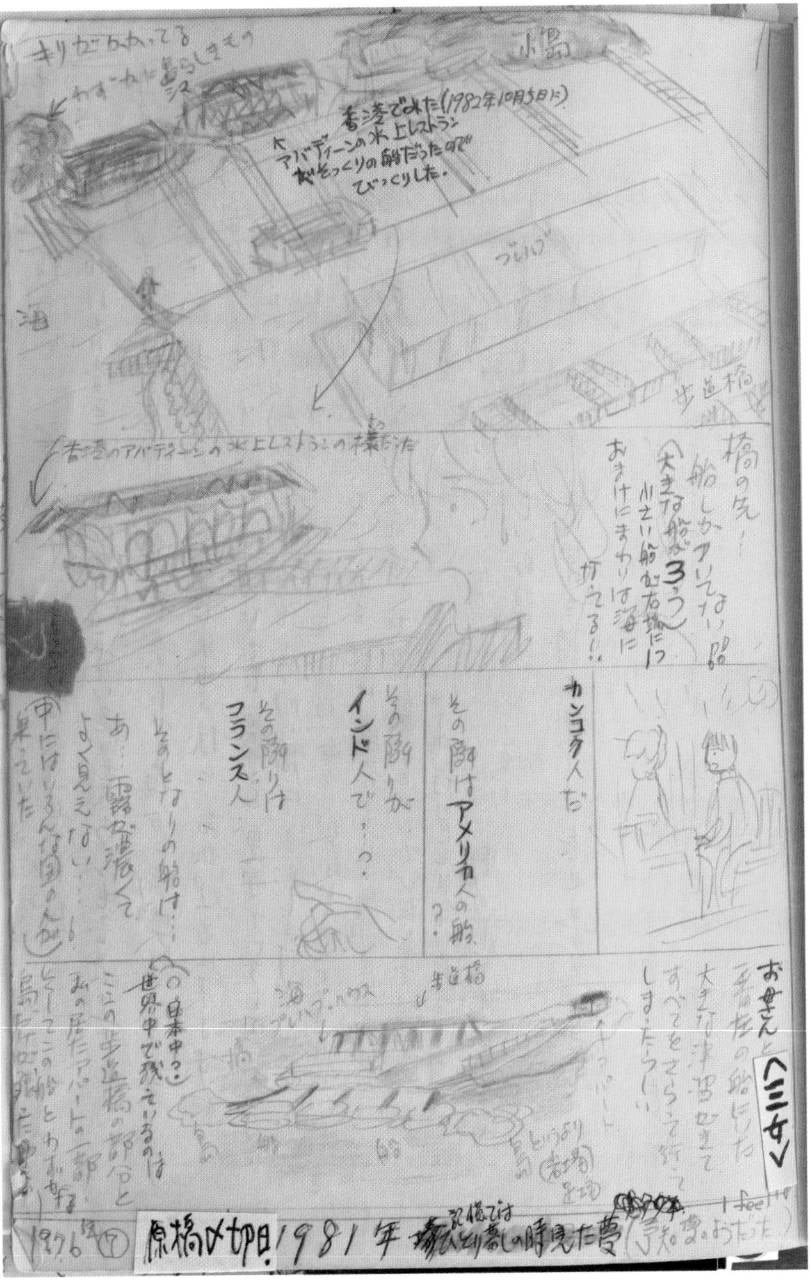

二〇二五年七月將發生的事

去印度的時候，夢到了將來會發生大災難的夢。

要比喻的話，就像是濃稠的湯煮滾時噴發起來一樣，**位在日本列島南端的太平洋海水升高了——**我看到了那種景象。我不知道是海底火山還是炸彈呢？我也跟那時候一起在旅館的女性說了這個夢。

然後就在最近，我又夢到了同一個夢。這次連日期都很具體。

那場災難的發生時間，是二〇二五年七月。

我從空中看著地球，用 Google Earth 那樣的圖來比喻可能比較好理解。突然間，**日本和菲律賓中間這塊區域的海底噴發、破裂（噴火）了。**

結果巨大海浪衝向海面上的四面八方，大海嘯湧到**太平洋周邊的國家。那海嘯的高度，大概是比東日本大地震時高三倍左右的巨大海嘯。**

在大海嘯的衝擊下，陸地被推擠升高，我看到的感覺是，範圍從香港到台灣，一直延續到菲律賓。

※圖中文字翻譯請對照別冊(第18頁)

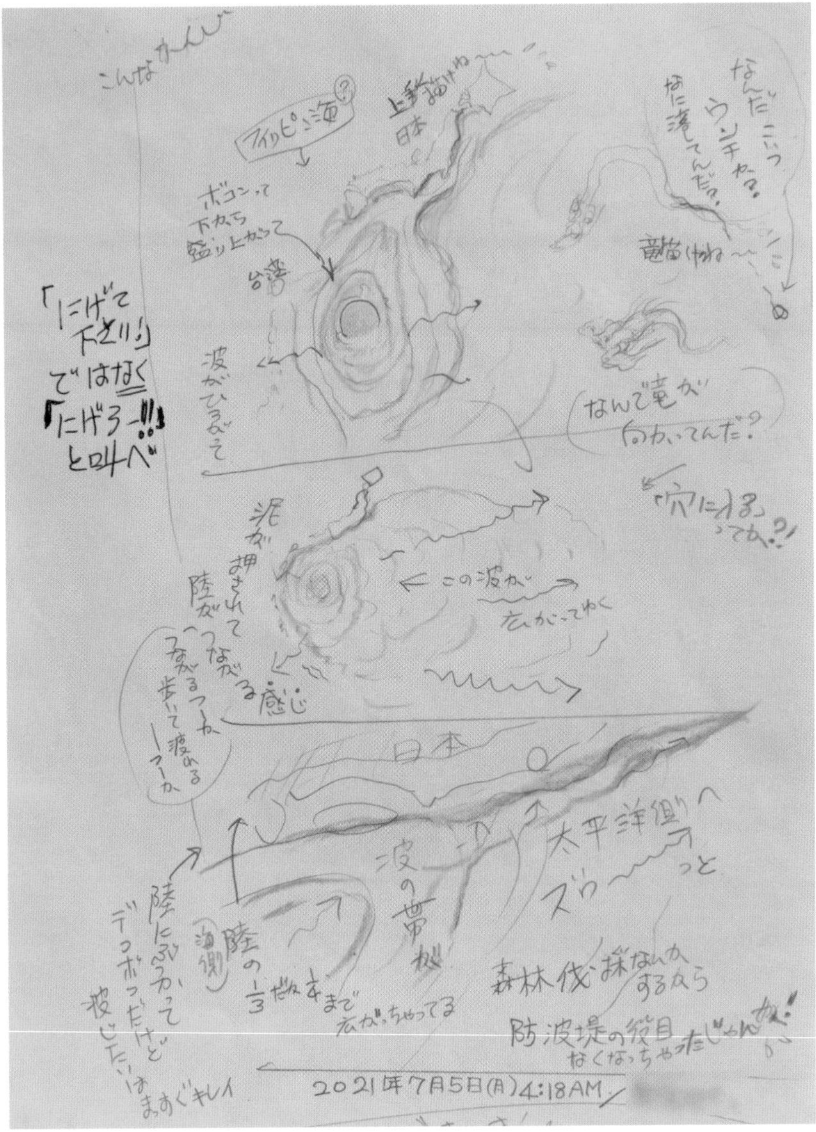

做夢日：2021 年 7 月 5 日 AM4:18（第一張）

南海海溝南邊的菲律賓海從下方噴發了，形成大海嘯往周圍的國家推進。日本列島的太平洋側，三分之一到四分之一被大海嘯吞噬了。朝著震央，不知為何也看到了兩匹龍前往震央的影像。

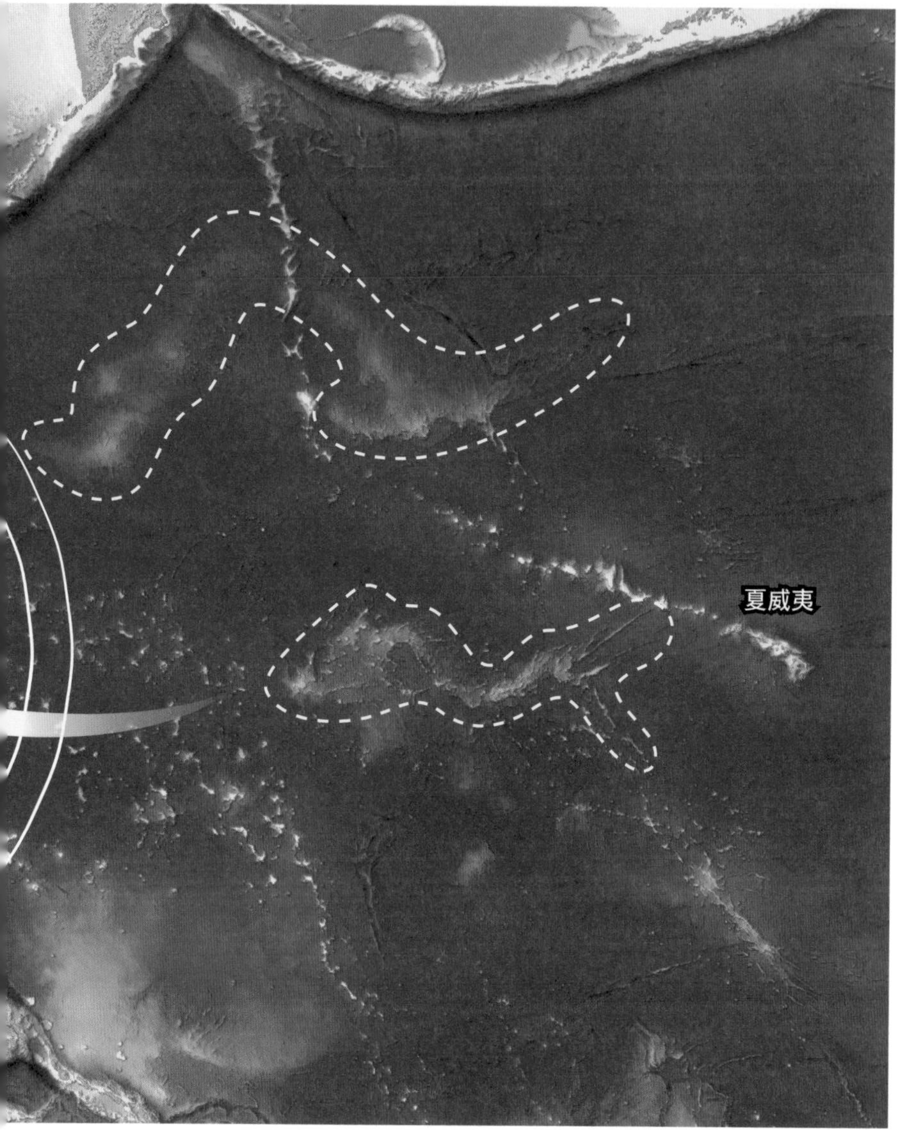
夏威夷

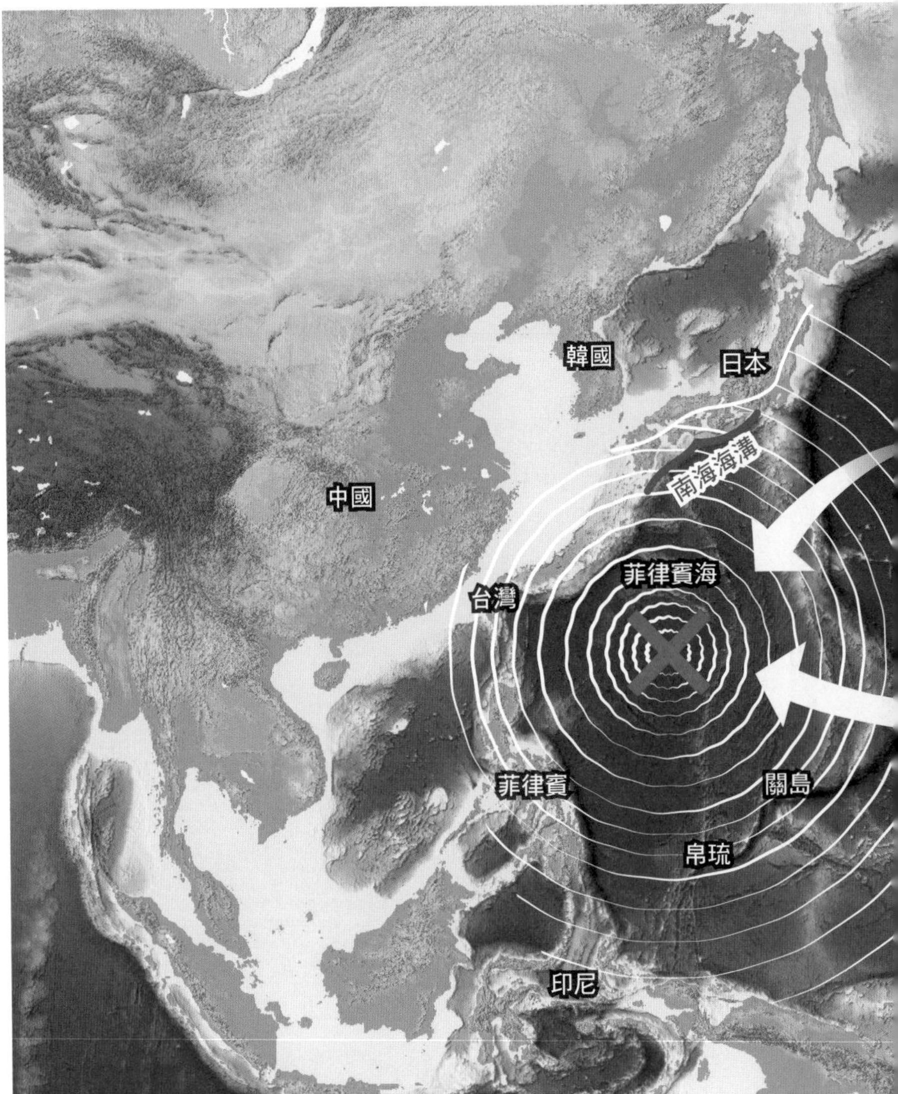

從地圖來看「2021 年 7 月發生的事」這個夢

用能了解海底地形的 Google Earth 圖來看，就很容易懂——以震央區來看，北起日本、西至台灣，南邊到印尼的摩羅泰島，東邊是北馬利安納群島的這塊菱形區域的中心。距離這個震央區遙遠的東邊，換日線附近到夏威夷群島的海底，我在夢裡看到了兩隻像龍一樣的輪廓（圖中虛線表示）。

※圖中文字翻譯請對照別冊（第19頁）

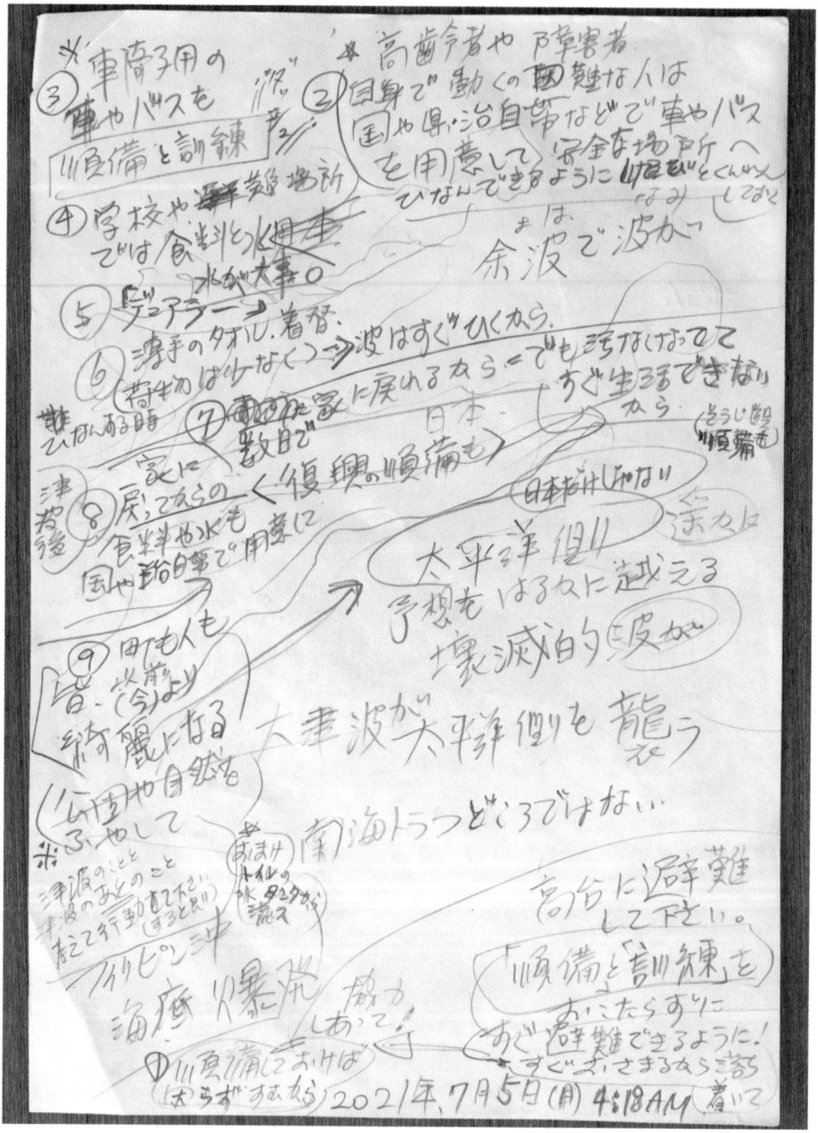

做夢日：2021 年 7 月 5 日 AM4:18（第二張）

夢醒後馬上速記。在夢裡我看到了遠超過預期的南海海溝大地震的毀滅性大海嘯，襲擊了日本所在的太平洋這一側。不過，若能在事前妥善準備的話，許多性命可以因此獲救。我也同時看到了明朗的未來樣貌，迅速朝向災後復興的人們，積極開朗地生活著。

大海嘯後的新世界

如果我畫在漫畫裡的海嘯之夢是二〇一一年的地震預知夢的話，很遺憾那個時候沒來得及做些什麼。沒來得及，是因為沒辦法把訊息傳達給很多人。

但是，現在很多人關注我的漫畫和文字。這次的大災難，我也看到了十分具體的日期，面對那一天，如果人們的想法改變的話，我想是可以逃過的——正確說來，是可以擬定對策的。

如果處在什麼都不知道、不明白的狀態，總是會疏於預防的準備，也會有人來不及逃走。不過連日期都清楚地表示出來了，大家就能在同樣的目標下共同努力了吧？

重要的是，要做好準備。思考災害之後的生活方式，希望大家重新體認現在開始準備、行動的重要性。

舉例來說，這次的新冠肺炎疫情，因為遠端工作，就算在鄉下也能工作，增加了居住地的選項。而且，大樓地下樓層的酒館不太有客人了，這也是一種對危險的事先迴避吧？如果再加上我的預言，新生活——也就是能從災害中保護我們人身安全的生活，會更加容易進行吧！

如果要寫得更有理想性，應該是我體認到——這次出版的這本書就是帶著這樣的作用而誕生的。

這樣一來，我很在意的是，二〇二五年七月發生的大海嘯之後的世界，其實我看到了**非常光輝的未來**。

大地震帶來的災害是非常悲慘痛苦的。不過，因為地球本身就是帶著熔岩這種熱能而存在的，無論如何都逃避不了吧。做好這種覺悟，大家同心合力的話，一定能活下去。

而且那是很光明、美麗的未來。

人們常說壞事的後面會有好事，好事之後也會有壞事，因為發生這樣的大災難，世界的情況會產生大幅的變化。

可能聽起來不太負責，可是我還看不到更具體的影像。不過，未來一定是光明的。**地球整體，所有的人的狀態都明朗光亮**、**生氣蓬勃地生活著**——我感受到的是這種印象。

我看到的，並不是大災難後人們消沉無力的景象，是接下來大家共同努力的堅強意志。

只專注於殺戳（戰爭與貪欲）的人們，他們前方的路上
剩下的就只有『虛無與空洞』　──毫無未來──
只有後悔＝什麼都不會留下
甚至不知道怎麼活下去……
在荒蕪之地持鎗佇立的人⇒
周圍只剩貪欲的殘骸
2001年1月1日
〔夢見的警告〕

對那些想要活下去、期待幸福，
積極努力向前的人們，
「光輝的未來與愛」將在前方等待。

做夢日：2001 年 1 月 1 日

夢中看到的「大災難之後的光明未來」。順道一提，我看到「2011 年 3 月」的時候，同時看到了「大災害」的字眼，「2025 年 7 月」是看到了「大災難」。我也想過「災害」和「災難」的差別──莫非，原因是人為所造成的「災難」嗎？

太陽照耀著，陽光中所有人都拚命工作，家人和睦地用餐……說普通，確實是很普通的景象，「和平」就是「能安心」，就像不丹人說的一樣，**能覺得「安心」就是幸福的社會**。

日文有**「結」**這個字。「結」，是提供勞力，能互相幫助的夥伴。農活的時候，附近鄰居大家合力工作，互相幫忙，是理所當然的事。

做好準備，就能減少災害，不過，相應的災害還是難以避免的。

但是，那時候即使地球的人口大量減少，留下來的人的心理絕對不會是黑暗的吧？

心的時代的到來，也就是會發生心與魂的進化。

以前，自稱有感應的助理，在截稿期正忙的時候說了這句話——

「不久後心的時代即將來臨。」

雖然不知道那會是什麼時候的事，不過即使有人說將來會是心的時代，當時的我也只是「嗯……」的聽過去而已，現在想來才知道，原來是這麼一回事嗎？

我願意相信二〇二五年七月的大災難結束以後，心的時代會到來。大家將互相幫助，同心協力，所有事情都會朝向正面發展的世界。**真正的奇蹟，是心的變化**。

重要的是，自己要活下去。

我在本書的〈殘破損壞的大地〉（第60頁）裡寫到，說不定這本單行本的發售，可能表示了封面所寫「再五年就會來接我」這個訊息的意義。

心的時代來臨的話，我就不需要再因為夢中看到的未來而對世人敲響警鐘了。我現在有種到此「終於要結束了」的感覺。

第Ⅱ部

懸疑漫畫篇

漫畫家竜樹諒老師因為準確預測 2011 年發生的「311 東日本大地震」而受到矚目。

不過，回顧竜樹老師的漫畫生涯，完全沒有預言家的影子，除了愛情喜劇和夢幻的少女漫畫之外，她也同時畫了不少恐怖懸疑類的漫畫作品。從 1975 到 1998 年間，發表的漫畫作品高達九十九篇。

在第Ⅱ部中，除了收錄能夠一窺竜樹老師筆下人物形貌的作品〈緣的前方〉，也特別新增初版單行本裡未收錄的八篇懸疑漫畫作品以饗讀者。

えん さき
縁の先
緣的前方

你好，我是竜樹。
100% 美化
我剛出道的時候，跟以往本來無緣的「感應力強的人」，
有緣•長期往來過。
所以我想寫下那段時期不可思議的體驗。
最一開始遇到的是感應力很強、會算塔羅牌的助理——N小姐。
N小姐家
那時候的我還很年輕，因為好玩，請她幫我算命。
你是天使轉世喔——
咦？
竜樹小姐不是人類？
說什麼
不是男的，也不是女的，但是……

一定要說的話，是男性。
男性！
硬要說的話啦——但是因為是天使嘛……
然後哪——竜樹小姐是即使犧牲自己也會幫助別人的人哪。
意思是她有一天會犧牲生命嗎？
哎呀
不好意思
啊……我有過那種經驗，我懂。
小學的時候，有一次我在深不見底的沼澤救了一個溺水的男孩子……
後來我自己差點死掉……
嗚—哇
嗚—哇
啊！
禁止進入 危險！ 無底沼澤 去年發生過男孩
嘿咻！
來吧！快點出來！
嗚哇
窣窣…
呀啊
哇！我要沉下去了！
嗚—哇
窣…
窣簌…
後來總算靠自己的力量脫困了。
那個時候，我的腦袋裡沒想到「自己可能會死掉」，只是想著「非救那孩子不可」。
你——啊——真是亂來的傢伙呢……

那就是——
「吃虧就是占便宜」、有一天會有好報吧！
對我最後一張牌卡的解釋是——
「會跟不屬於這個世界的人結婚——」？
什麼啊？這是？
XIII
XIII
DEATH
這個解釋，到現在還是沒有解答……
咦？那個世界的人？
宇宙人？
神？惡魔？
莫非是怪人之類？
下一個有緣的對象是能看到背後靈的助理——千繪（假名）。
如果不集中精神的話，是看不到的——
要不要幫竜樹老師看看？
欸？
要很集中精神這……
嗯～～
這……這麼煩惱的人很少喔～
大部分的人都會說，幫我看、幫我看……
QUEEN
QUEEN

覺得看到本來看不到的東西……好像有點不太好……
說是不太好，因為像是偷窺了什麼一樣，很失禮的感覺。
而且我也沒有非得讓別人幫我看的理由……不過我對自己的事也有興趣……
那個……
結果
還是請她幫我看了……但是——
啊！
怎麼了？
不好意思！
對不起！
咦？
怎、怎麼了？
千繪？怎麼了？

老師的背後靈是非常帥的男人喔～
明明「不可以看」——可是我們眼神相會了，所以對我生氣。好像在說：「你看到了吧？」
他還在瞪我……
欸～～～
那個……頭髮很長，個子很高……
是……這種感覺……
哎呀，你能畫出來嗎？
這個人設是……
21歲
好像……很厲害、很強喔！老師——

那，我的背後靈一——直都是這個人嗎？
從我出生的時候就在了嗎？
一起長大之類的嗎？
不一定喔，
當然也有人是那種情況。
大部分的人，在生活方式或是想法改變的時候，在那個時間點……
波長不合的靈就會離開，
波長相合的靈就會靠過來。
明明在這裡還挺舒適的～
嘖～
我會幫你加油！
我要努力!!努力就會成功！
這就像是「物以類聚」嗎？
是啊。
就像舞者身上會跟著跳舞的人的靈——之類。
虛弱的人會被虛弱的靈附著，強大的人身邊也有相應的靈魂……之類。

那……看得到靈，是連氣場也看得到嗎？
嗯，一般是的……
喂~喂~一般是怎樣？
像我因為超重度近視，有時候東西看起來……像是包著白光一樣……
白光——是指？
QUEEN
氣場是什麼樣子……
竜樹老師……你看得到氣場吧？
我小時候因為發生過車禍，所以有休克的後遺症（？）——
後來，精神一疲倦，自我防衛本能就會啟動，
什麼都聽不進去
只盯著一個點
焦點對不上
腦袋裡一片空白，在別人眼中看起來應該是覺得我在發呆。
腦袋一片空白，是進入了「無我的境地」吧？
厲害……

其他像是——在說話的人越來越起勁，話題越來越熱烈……
我可以看得到那個人身體發出來的熱氣，
因為連鎖反應（？）有時候連周圍的物體看起來都發出白光。
原來那就是所謂的氣場！
人的氣場在白色背景前，會比在黑色背景前……
更容易看到。
咦～～～
（註）我現在看不到。
千繪——
呃，那個叫做氣場的東西？千繪只有髮稍看起來是綠色的。
集中精神中
啊——
現在頭髮長長了，因為之前髮質受損，
狀態不好的地方，看起來顏色會不一樣吧？

緣•這種東西會自行持續下去——
後來更因為朋友的關係——
大發現！我看得到氣場!!
我也幫竜樹小姐看前世吧~
哇！好好！
咦?!
能見到你真好，
真的——很高興能認識你。
K氏——知名的靈異相關作者，也經常上電視。
本身完全沒有靈能力
S小姐~也幫忙看竜樹小姐的吧！
好~~
真是太好了—
那個……我其實不用啦！
你好，我是助手S。
沒事的，放輕鬆放輕鬆……
我的原則是完全不收錢，所以請安心。
哈哈哈…
不是那個問題……
請他幫你看啦！好啦好啦……
興奮 興奮
好奇心 好奇心
心裡想著「不能看」……
但是也不是完全沒興趣……
結果——

我還是接受了……
你這傢伙啊
啊，好像……感覺到靈非常生氣。
心裡面說著「很抱歉」的我——
我強烈感受到悲傷的情緒——
——是男性。
有一股「悲傷的分離」的情感傳了過來……
也看到了旅行的樣子……
是地位很高的人哪。
不是有錢人那類的，是道德高尚的人喔。
跟情人——分手了……
好像有不得不分開的理由。
悲傷的……分離？

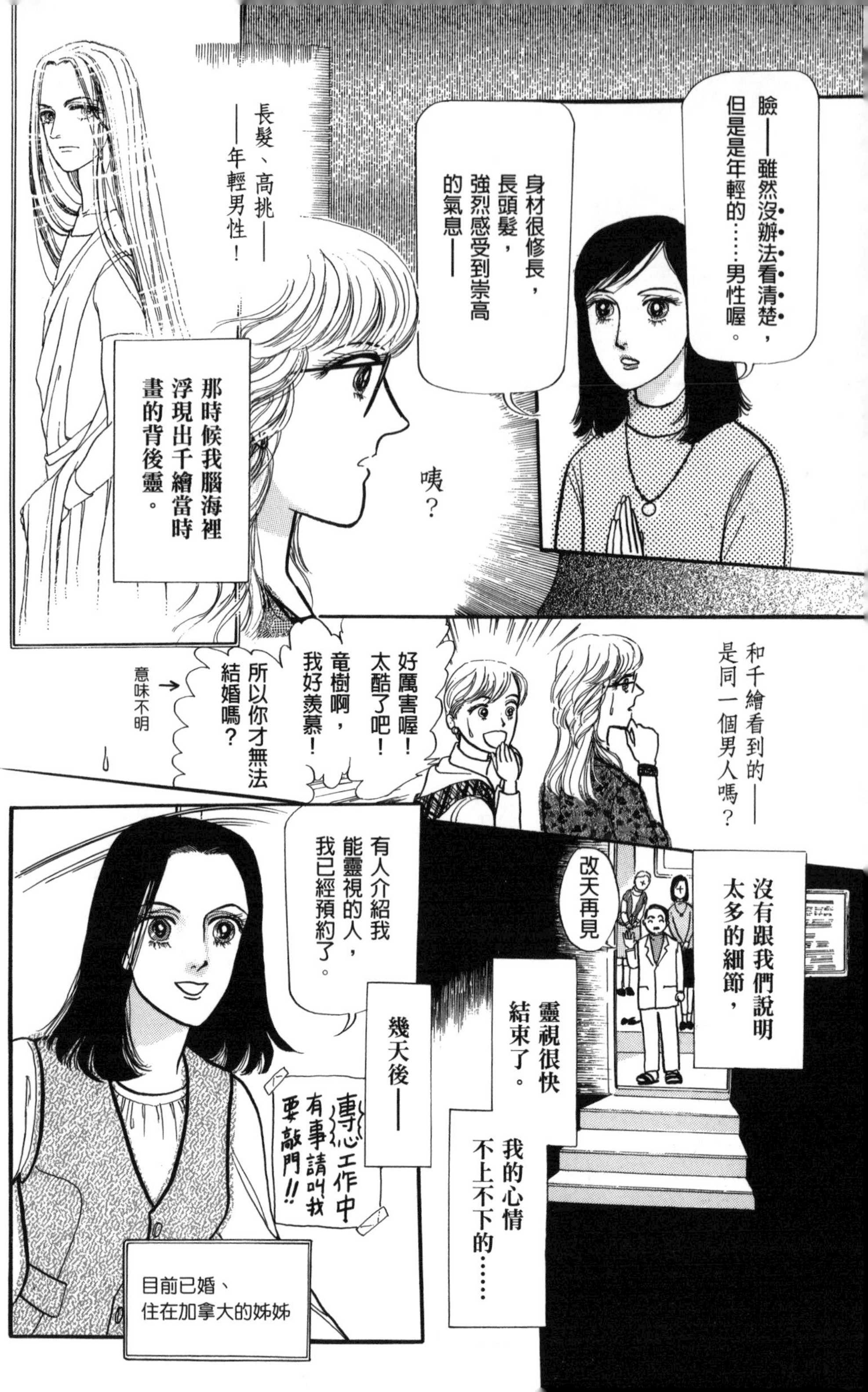
臉——雖然沒辦法看清楚，但是是年輕的……男性喔。
身材很修長，長頭髮，強烈感受到崇高的氣息——
咦？
長髮、高挑——年輕男性！
那時候我腦海裡浮現出千繪當時畫的背後靈。
和千繪看到的是同一個男人嗎？——
好厲害喔！太酷了吧！竜樹啊，我好羨慕！所以你才無法結婚嗎？
意味不明 →
沒有跟我們說明太多的細節，
改天再見
靈視很快結束了。
我的心情不上不下的……
幾天後——
有人介紹我能靈視的人，我已經預約了。
專心工作中
有事請叫我
要敲門!!
目前已婚、住在加拿大的姊姊

要不要一起去？
你對那方面也有興趣吧？
哎呀♥真是抱歉～
呃…呃…我還在畫分鏡…
興趣是有啦——可是不用特地去讓人家幫我看啦…
沒關係啦，你在旁邊看就可以了。
我想要請他幫我看。
那個人說，自己的靈視能幫到別人的話——就會免費。
原本應該只會用靈視幫姊姊看，但——
你——
過去經歷過悲傷的分離——
咦？我？
你前世是男人，而且還是服侍神明的人喔——

是高挑且英俊的亞洲人，頭髮很長呢。
高挑、英俊、長髮……
又是？
咦？
殉教──似地踏上旅程……所以……和情人分開了的樣子。
從埃及到印度……中國……歐洲和美國……
也去了大洋洲哪。
埃及……不過其他地方我都去了……
旅行跟健行我都很喜歡。
是喜愛自然和動物的溫柔的人喔～
我也很愛自然跟動物哪……
但是……
到南極的時候，
腳滑了一下，掉到冰裡，右腳的膝蓋下方，
以及浸到冰水的腰部，都傷到了。
我沒去過南極──可是我的腳……
就算不走路也能賺錢──既喜歡又可以持續下去的工作──是什麼？
車禍受傷的──右腳。
（是我從事漫畫的原因）

腰因為椎間盤突出住院過……
你在旅行途中碰到過的人，在今生也有緣會再相遇喔。
竜樹小姐……也曾經是巫女喔——
但是……
看得到你當巫女時的模樣喔。
那時候，我……
看到的不是前世或背後靈——
而是看到我記憶裡的印象（殘影？）不是嗎？我這麼想著。
這些人……

為什麼？
我在十幾歲的時候，大概有一年左右的時間，曾經在婚宴會場擔任巫女的工作。
人形物語
竜樹 諒
宝石物
所以，千繪他們說的在我身上看到的靈——
我感覺跟我最喜歡的系列作品裡面畫的角色很像。
因為是我很投入的角色——所以心想……是不是在我身體裡面看得到他的影像？
腳或是腰部，也看得到氣場吧？我也會這麼想……
哪個是「正確的」，我是不知道——可是……但是……
我覺得那些人確實擁有靈視的能力——
只是……他們的解釋好像哪裡……不太對。

我不記得有過悲傷的戀情啊……
硬要說的話，
十六歲生日那天，被一直都只是朋友的男生求婚——？
那樣一來，連朋友都做不成了……
不過這跟「悲傷」的意思不一樣呢~
害羞~
「道德高尚」？和這個有關係嗎？我是不知道啦……
雖然常有人找我討論……我能回答的話總是只有這樣——
不管好事壞事，自己做過的事一定會回報到自己的身上喔。
不要覺得只有自己是不幸的，
唯獨不要失去「體貼」的心——
不過，
我那時認為，T社長說的話裡頭，只有「南極」跟我腰腿不好是完全沒關係的！
1997年1月
咦？
企……
來自每日新聞社的「瀕臨絕種危機的南極企鵝基金AID的卡片插畫委託案」——
這個委託案和南極的主題都嚇了我一跳。
好的！我很樂意！
因為我們不知道會在哪裡和緣分相遇。
哇
緣
你好
但是……

總覺得這種相遇裡，好像包含著什麼樣的訊息——
而且——現在和那些人的緣分已經消失，也過了將近十年。
也就是說……該不會是從以前到現在的訊息中，「我能給出自己的答案的時期」已經到了呢？
不過，畫到這裡，我很想知道十年前他們說的那位男性，現在怎麼了呢？
已經換成別的靈了嗎？
或是還跟著我？
突然產生興趣的我，第一次（自行）去了那種所謂結緣的地方……
Fili FesTival Japan '97
你的前世，是在倫敦當新聞記者的男人。

不過……年紀輕輕就因為火災被燒死了——
傳來一股非常悲傷的情緒。
更之前……是女性，在北歐地區擔任教師。
是深受學生信賴的老師喔！
興趣是畫畫，喜歡畫風景哪。
新聞記者那段前世，不是寫事件的報導，是寫紀錄或是散文那一類的……
明明還有想寫的東西——的那種心情。
和愛畫畫的教師的心情重疊之後——
就有了現在從事漫畫家的你吧——
咦——
你畫的是少年漫畫吧？
以前是畫少女漫畫喔。
下一個是我
騙人！應該是少年漫畫啊！
還沒啊！
就算你這麼說……

※據說紫色是精神上的理解力和預知力，看透未來的能力。

而且，就算占卜師說——
我身上……看得到活生生的天使，
如果我將來生小孩的話，或許就是我會生出來的嬰兒——之類的話。
結婚對象的那位男性，年紀很小——兩人的牽絆很深的樣子。
我常被誤解是已婚人士，可是我還單身。
手指很粗，所以戒指只能戴無名指。
有年紀了
某一段前世是女性教師：「單身很久，晚年才結婚。」
有人這麼說過……
所以來世——也就是現在，投胎轉世後應該會再相遇……但是——
對方投胎成外國人了……
走在路上時，不妨邊走邊注意外國人。
開朗
哈哈哈
雖然今生不一定會遇上，或許也會有那種偶然的相遇吧？
但是，
我沒有……特別想找那個人到那個地步啊~
那個人該不會是……
透視到這些玩偶了吧？不會吧……
（天使）的筆插
Q比人偶（嬰兒）
TOKIO 跟 SMAP 的錄影帶（年輕男人）
SMAP
SMAP
SMAP
嗯——我也不知道。
前報社記者
小泉八雲
ラフカディオ・ハーン
因為我以前當過幼稚園老師，所以是看到那時候了吧？

和十年前共通的是「悲傷的情緒」和從我身上感受到的「強大」。
「悲傷」——指的是什麼？我還不知道。
如果「悲傷」是「戀情的別離」的話……
背後靈(?)的他，和我是現世也會相遇的命運。
相遇以後，「悲傷」的情感就會成就戀情，好像也不錯♡
I haven't you see a Long time
I wanted to see you----
我 168cm
身高180cm以上
關於「強大」，是這個嗎？心裡這麼想，就被看到了♡
在療癒節會場拍攝的氣場寫真
漂亮弧形的深紫色靈光和像是放射出背光般的大量光線
哇！出現這麼多光，紫色還這麼漂亮的，第一次看到～
嘩嘩—
好美喔
哇 厲害
你已經看到自己的未來了吧？
已經開悟了，我已經沒什麼可以說的了！
好厲害啊！第一次看到這麼真實的氣場照。
照片鑑定者和氣場照片相關人士
我想，這個靈光就是先前那些靈能者所解釋的「德」或是「悟」吧？
但是現在，我介意的事情只有一個——
以前，
幫我算塔羅牌的你！
說過我會跟「不屬於這個世界的人」結婚，是看到了什麼啊？
請告訴我！
XIII

〈緣的前方〉◉完

ちいさなカラの中

小小的殼裡

一九九六年
那是初夏時節，五月已過半的時候。
我是出雲真澄，十七歲。溫吞散漫，被人家拜託就沒辦法拒絕、意志薄弱的女生——
你是打掃值日生吧—
小滿—
哈哈哈哈…
總是、總是、躲在自己的殼裡，
擁有一個只有自己的世界。
我完全無法接受別人……
出雲同學，要回去了嗎？
是、是的…
好好喔，我也想回家。
所以，到現在連一個朋友都沒有——

我不是自己喜歡才變成這樣。
其實，我想要朋友，
也想要清楚地說出自己的意見。
但我做不到——
我這個人就是氣場很弱，
對這樣的自己真是討厭得不得了。
戲劇社——?!
對啊，要不要參加戲劇社團……
一定要先學會在眾人面前能好好講話。

……
你啊，明年就要畢業、快要出社會了。
首先，得治好你一個人悶悶不樂的問題。
媽覺得你可以進那類社團練習，真澄你自己覺得呢？
唔…嗯……
是啊……豁出去，試試看好了……演戲——
戲劇社
這位是出雲真澄同學——
今天開始加入我們的社團，大家多照顧她喔！
敬禮
……

啊，這女生好！
對，真的！樣子剛好、樣子剛好！
……？
喂喂，大家覺得怎樣？阿通的角色就讓這女生演！
但是今天才入社，演主角太勉強了吧？
主……主角……？
咦？
騙人！討厭啦！不要!!
可是，她完全符合阿通的形象，你們不覺得嗎？
皮膚很白、瘦瘦的……
本來想讓梅田同學演的……
咦～我……可以跳過我嗎？
是啊，可是那個人最近因為學生會幹部的工作，忙得要命，社團總是蹺掉。
好──那就決定是你了！
加油了，出雲同學！
啪
咦……那個……
不要啦！

討厭！討厭！
不要不要！
那種在大家面前!!
當主角……
不要！不要不要不要！
我絕對不要！
終究……
說不出口。
啊～～～
自我厭惡。
ザワ
ザワ
嘩
擠
哇！
擠
ザワ
ザワ
嘩
嘩
痛痛痛……
……之類的話，
社團活動結束後回家……
對喔，
剛好會碰到
下班人潮……
擠……
擠死了
明天開始，
稍微避開尖峰
時間回家吧……

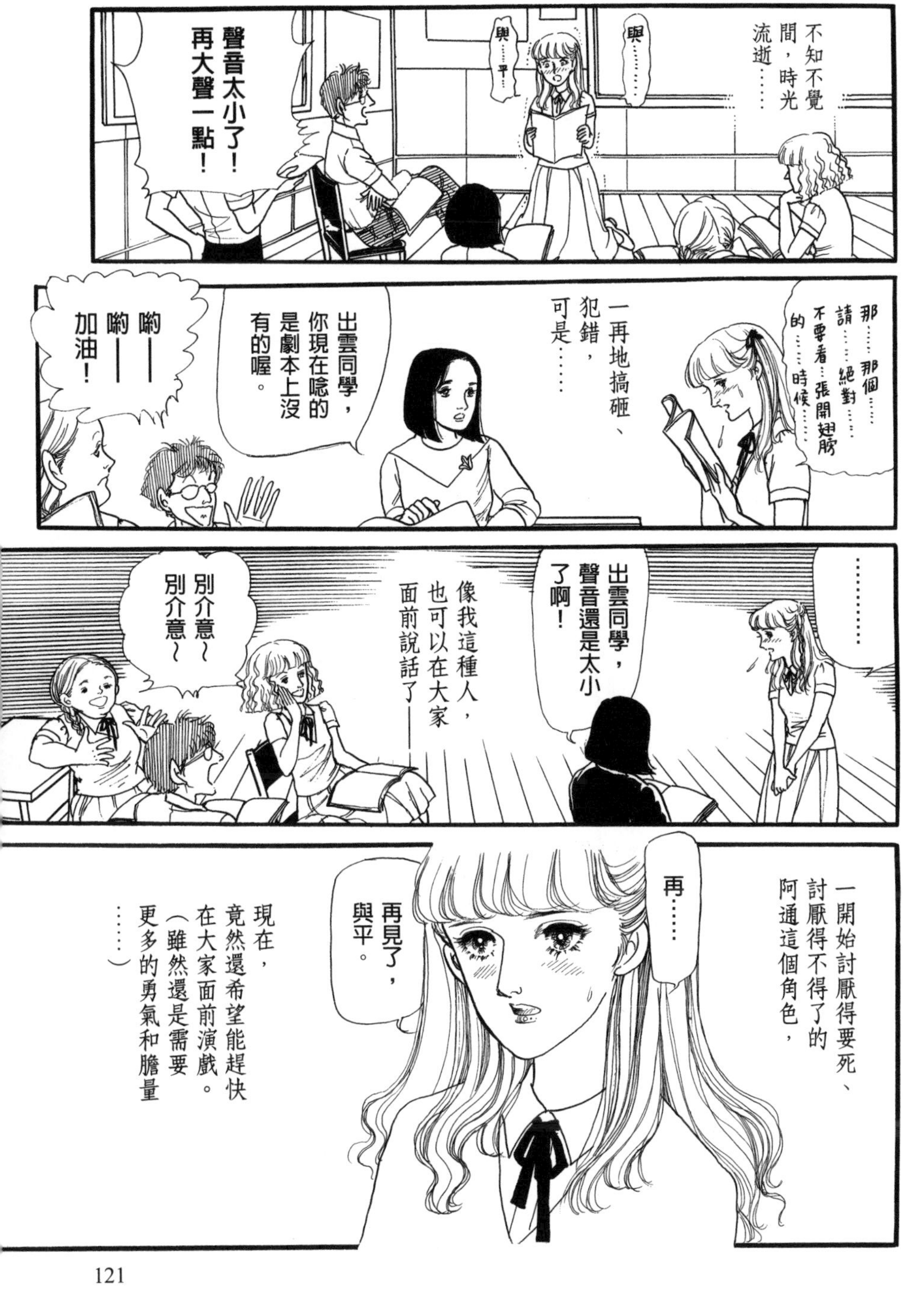

不知不覺間，時光流逝……
與……
與……平……
聲音太小了！再大聲一點！
那……那個……請……絕對……不要看……張開翅膀的……時候……
一再地搞砸、犯錯，可是……
出雲同學，你現在唸的是劇本上沒有的喔。
喲——喲——加油！
…………
出雲同學，聲音還是太小了啊！
像我這種人，也可以在大家面前說話了——
別介意～別介意～
一開始討厭得要死、討厭得不得了的阿通這個角色，
再……
再見了，與平。
現在，竟然還希望能趕快在大家面前演戲。（雖然還是需要更多的勇氣和膽量……）

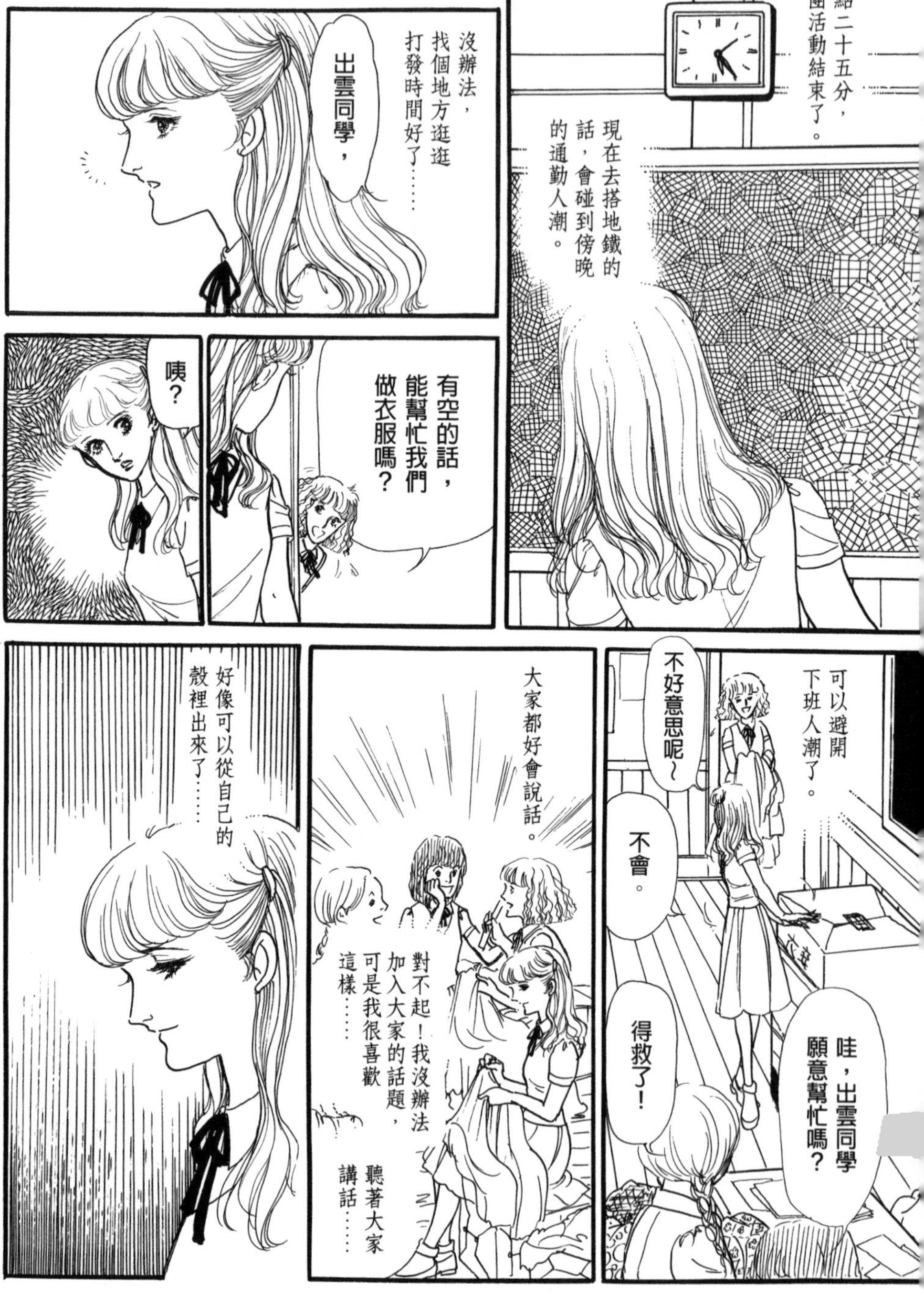
五點二十五分，社團活動結束了。
現在去搭地鐵的話，會碰到傍晚的通勤人潮。
沒辦法，找個地方逛逛打發時間好了……
出雲同學，
有空的話，能幫忙我們做衣服嗎？
咦？
可以避開下班人潮了。
不好意思呢～
不會。
哇，出雲同學願意幫忙嗎？
得救了！
大家都好會說話。
聽著大家講話……
對不起！我沒辦法加入大家的話題，可是我很喜歡這樣……
好像可以從自己的殼裡出來了……

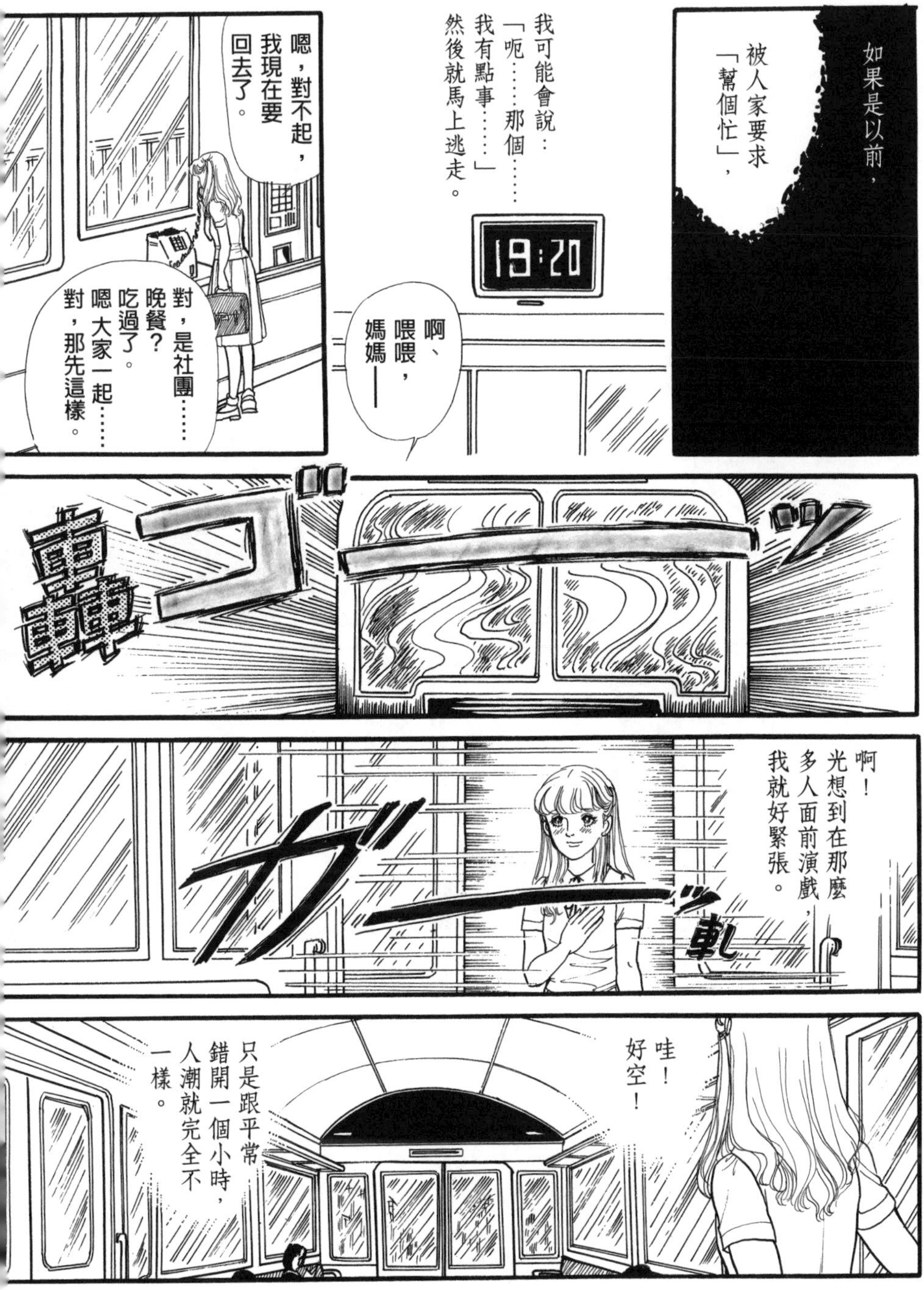
如果是以前，被人家要求「幫個忙」，
我可能會說：「呃……那個……我有點事……」然後就馬上逃走。
19:20
啊、喂喂，媽媽——
嗯，對不起，我現在要回去了。
對，是社團……晚餐？吃過了。嗯大家一起……對，那先這樣。
ゴーッ
轟
啊！光想到在那麼多人面前演戲，我就好緊張。
ガーッ
軋
哇！好空！
只是跟平常錯開一個小時，人潮就完全不一樣。

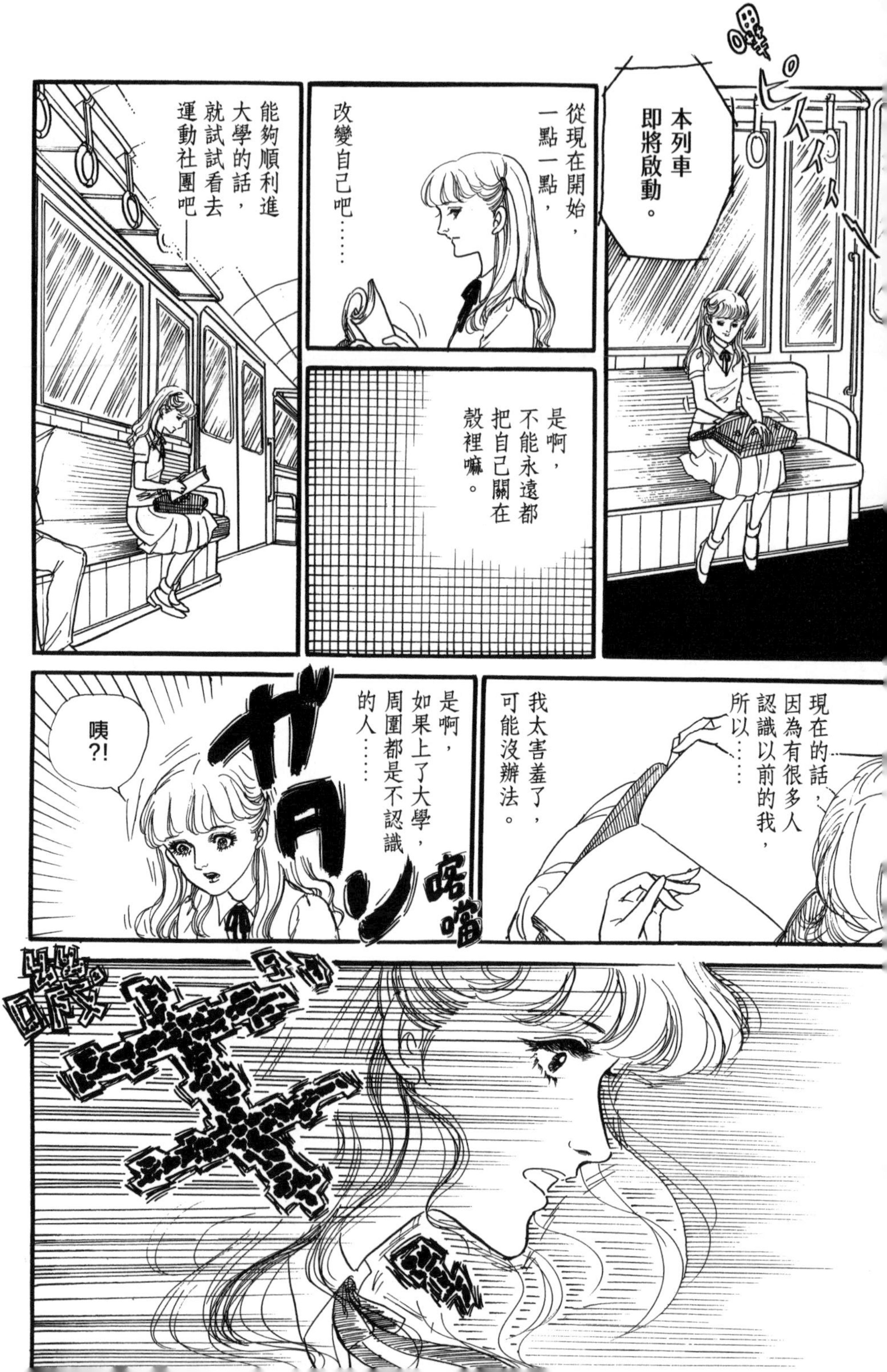

嗶
本列車即將啟動。
從現在開始，一點一點，
改變自己吧……
是啊，不能永遠都把自己關在殼裡嘛。
能夠順利進大學的話，就試試看去運動社團吧——
現在的話，因為有很多人認識以前的我，所以……
我太害羞了，可能沒辦法。
是啊，如果上了大學，周圍都是不認識的人……
喀噹
咦?!

咦?!
嘰
什麼？
怎麼了？
喀喀
哇
砰

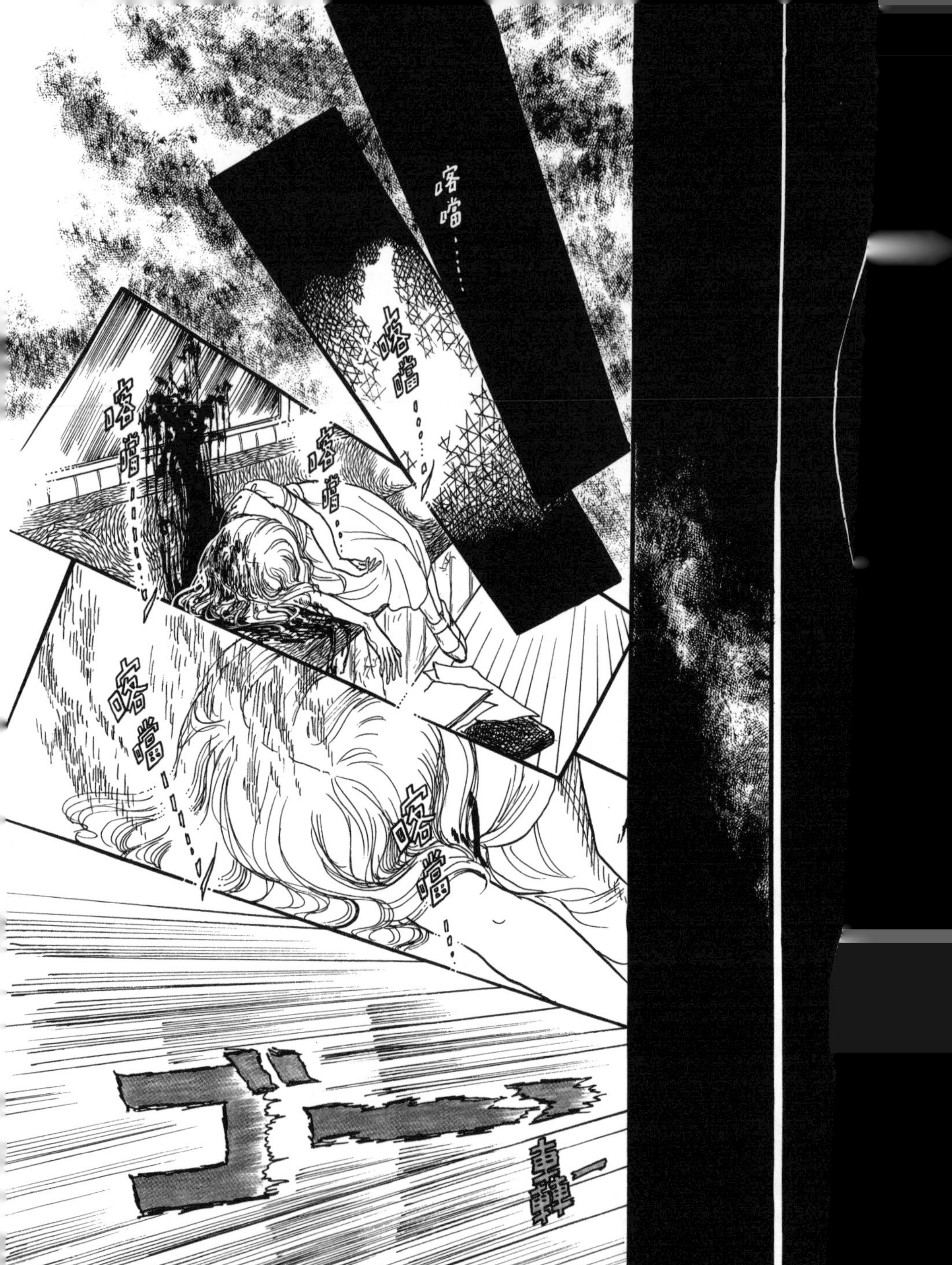
喀噹……
喀噹……
喀噹……
喀噹……
喀噹……
喀噹……
ゴー
轟—

周遭全黑……
什麼都看不到，
什麼都聽不到……
電車呢……？
沒有聲音，可是感覺得到震動——
還在跑——
為什麼什麼都聽不到？
因為頭被大力撞到了……？
所以耳朵……？

ザッ
ク
這…這裡……是哪裡?!
這裡……
一片黑啊!
沒有任何人!
只有我一個人──

不要啊！
好恐怖！
砰
快開門！
讓我出去！
媽媽！
爸爸！
啊……
是月台！
看得到月台！
救命啊！
誰呀？
快打開這裡！
我在這裡啊！
拜託誰來……
救救我！

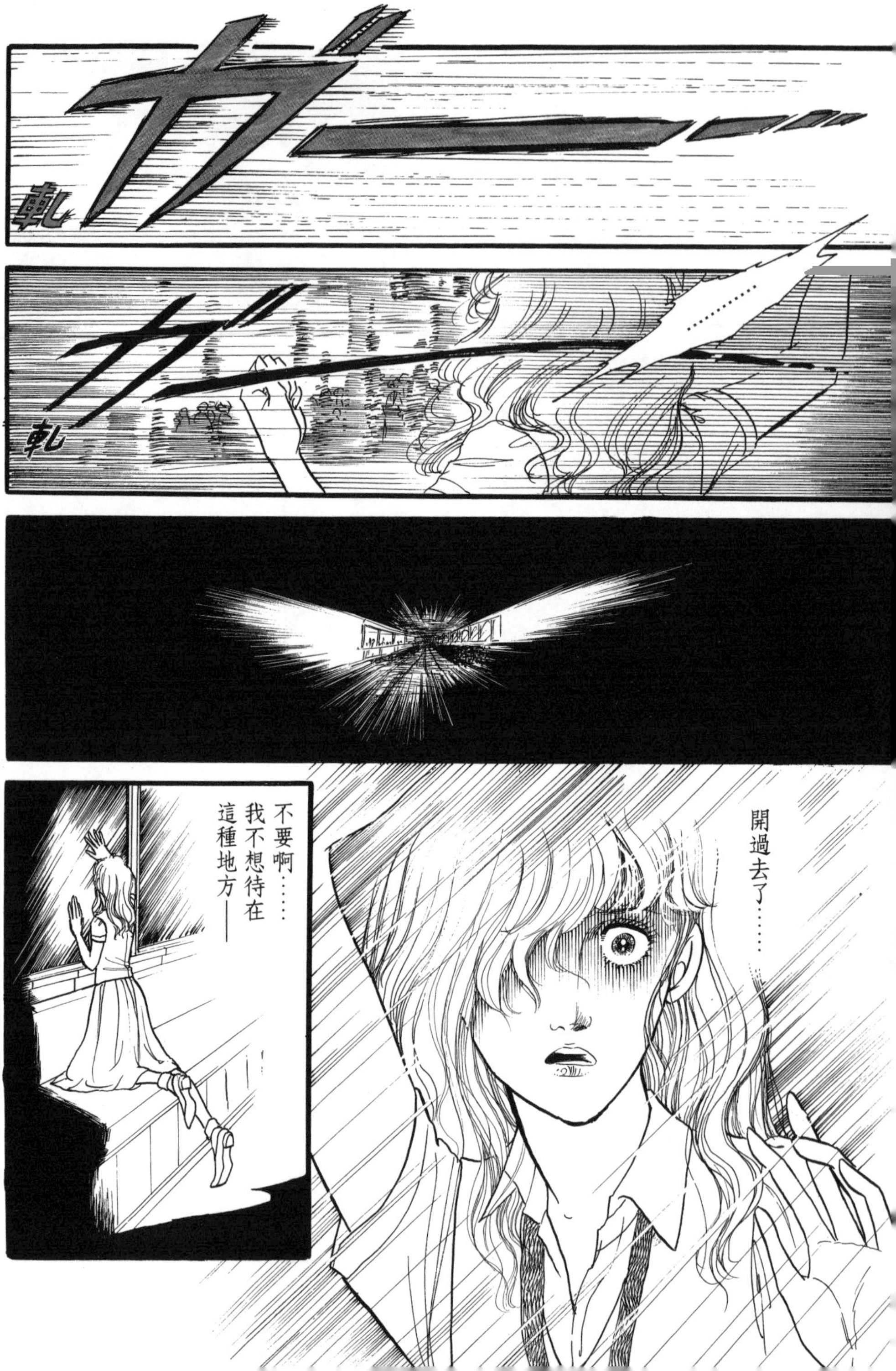
ガーーー
軋
ガ
軋
開過去了……
不要啊……
我不想待在
這種地方——

我出不去了……
腦子裡閃過這句話。
結果眼淚一直一直掉，
無法抑止地覺得悲傷。
當時如果那樣做就好了，或是這樣也好，心中滿滿的後悔……
我……
明明終於從自己的殼裡面掙脫出來了，
之後應該就可以出來了啊……
這裡好冷……
又暗、
好可怕……
拜託誰來救救我！

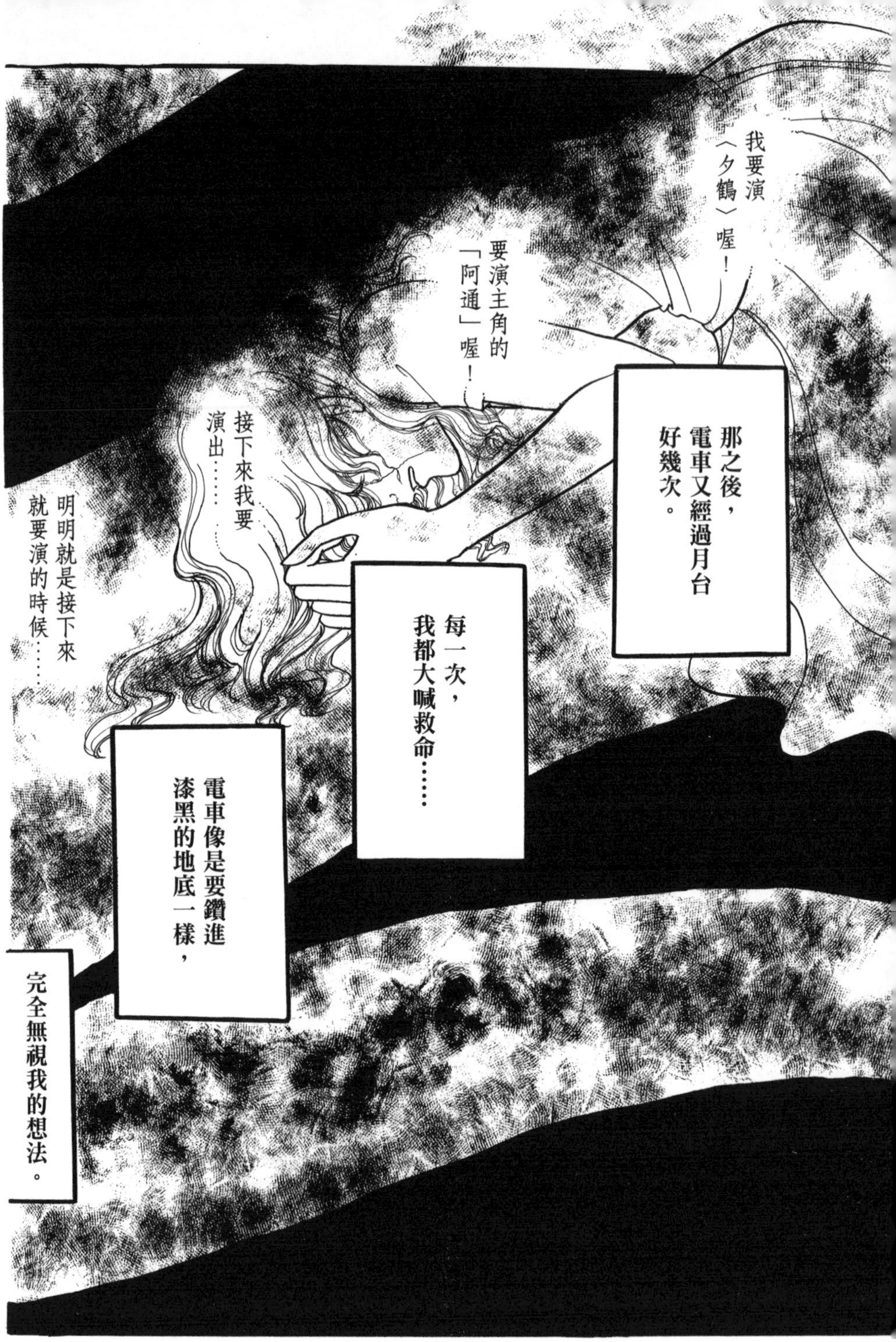
我要演〈夕鶴〉喔！
要演主角的「阿通」喔！
那之後，電車又經過月台好幾次。
接下來我要演出……
每一次，我都大喊救命……
明明就是接下來就要演的時候……
電車像是要鑽進漆黑的地底一樣，
完全無視我的想法。

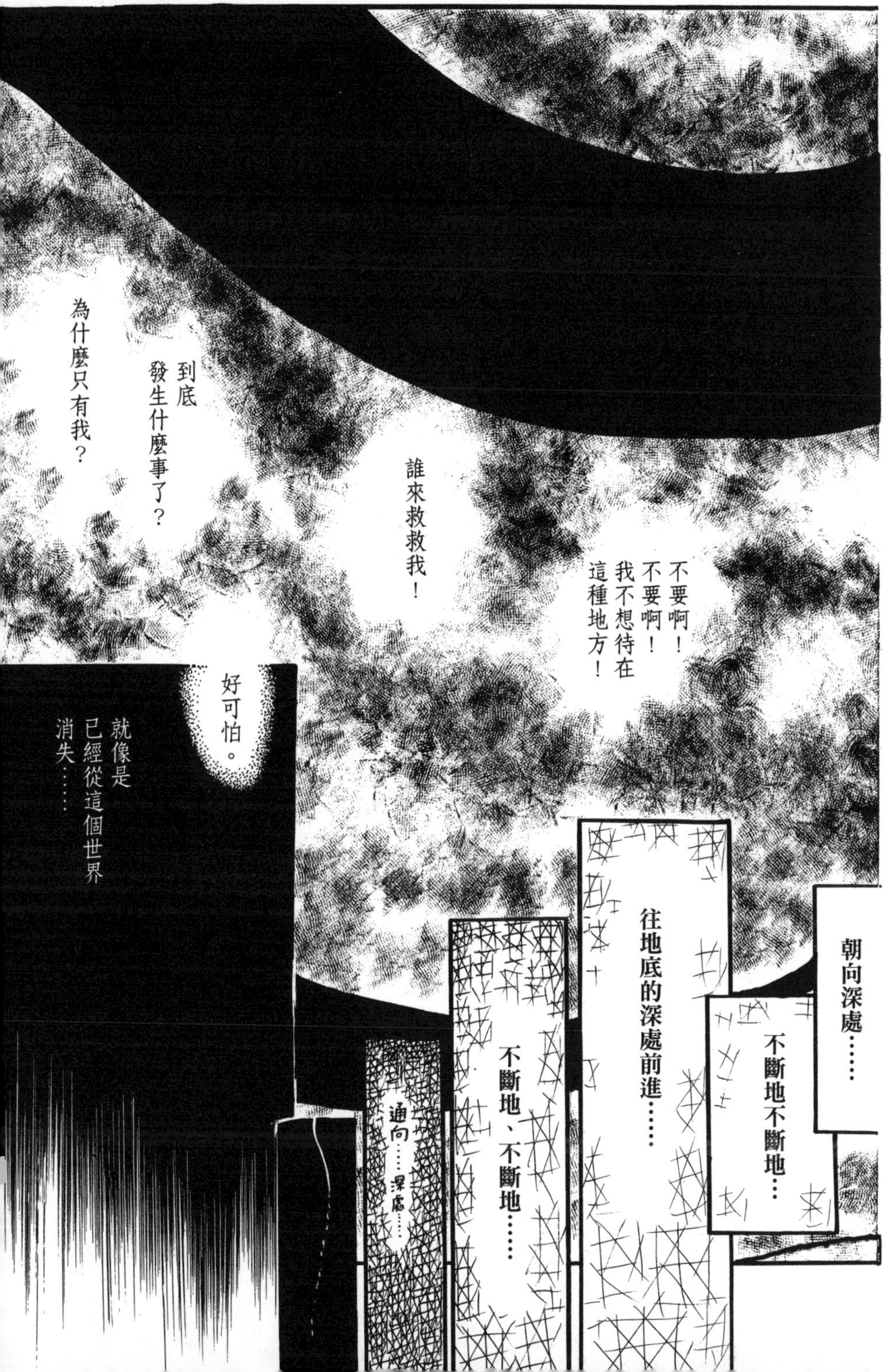
不要啊！不要啊！我不想待在這種地方！
誰來救救我！
到底發生什麼事了？
為什麼只有我？
好可怕。
就像是已經從這個世界消失……
朝向深處……
不斷地不斷地……
往地底的深處前進……
不斷地、不斷地……
通向……深處……

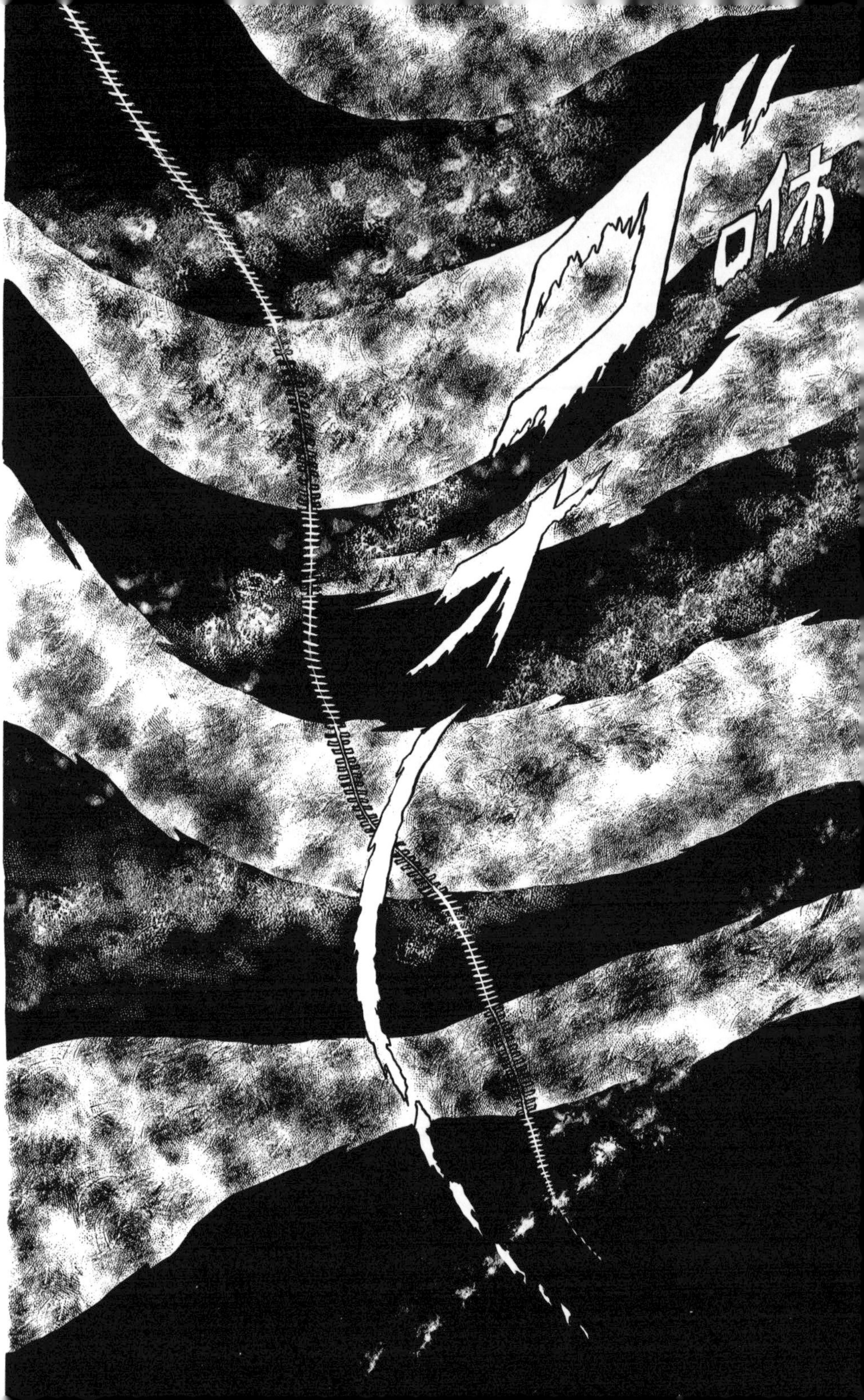
ゴロ体

嘩……
嘩……
ギク
嘩—!
轟——……
惣一，
奶奶，怎麼了？
電車來囉～

很危險喔，再往後退一點吧。
奶奶，你在說什麼？車還沒來喔。
好奇怪啊，現在確實聽到電車的……
車轔
下一班電車是45分。
現在才25分。
哎呀真的耶。
啊啊……
啊，是呀……

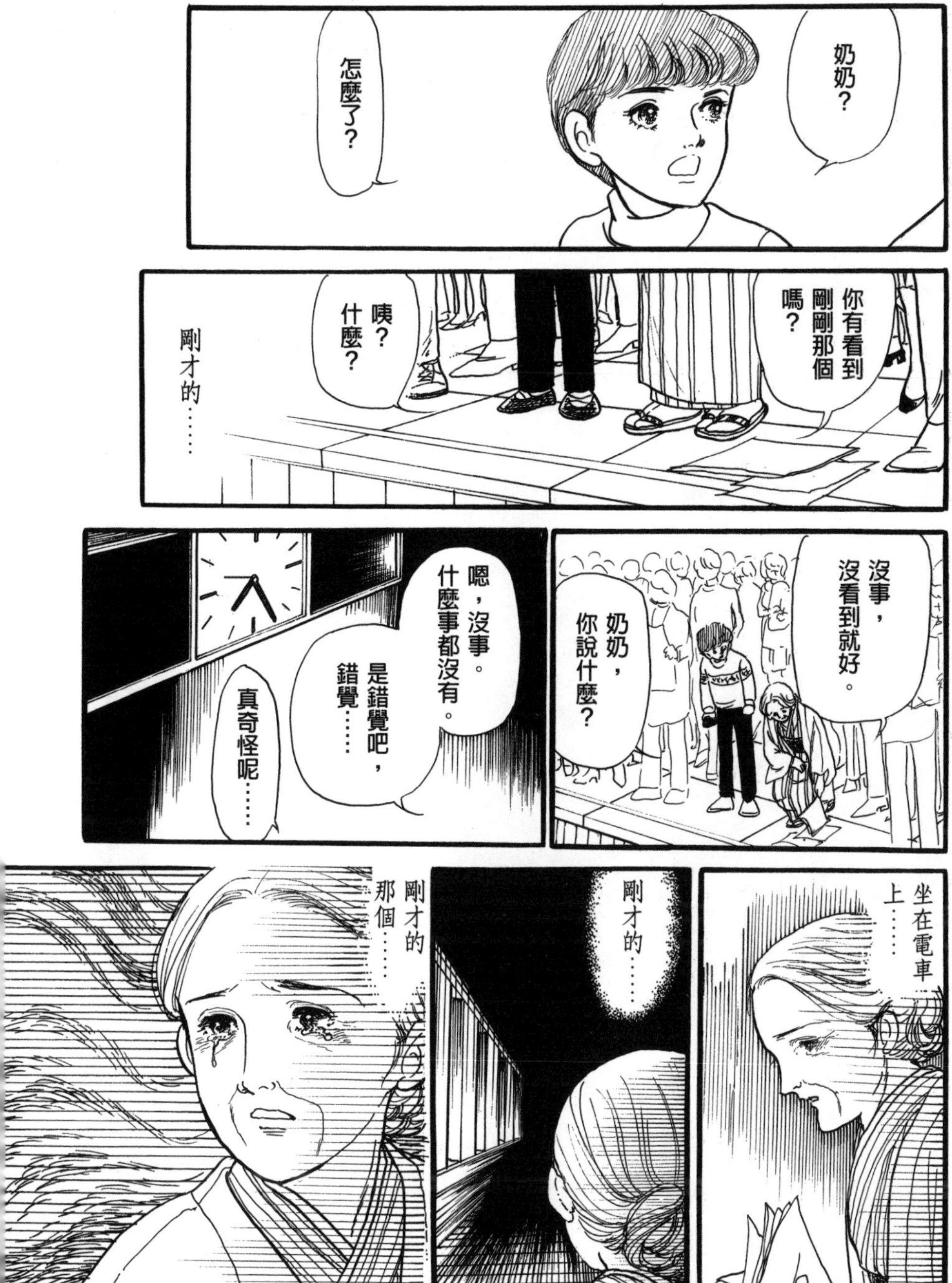
奶奶？
怎麼了？
你有看到剛剛那個嗎？
咦？什麼？
剛才的……
沒事，沒看到就好。
奶奶，你說什麼？
嗯，沒事。什麼事都沒有。
是錯覺吧，錯覺……
真奇怪呢……
坐在電車上……
剛才的……
剛才的那個……

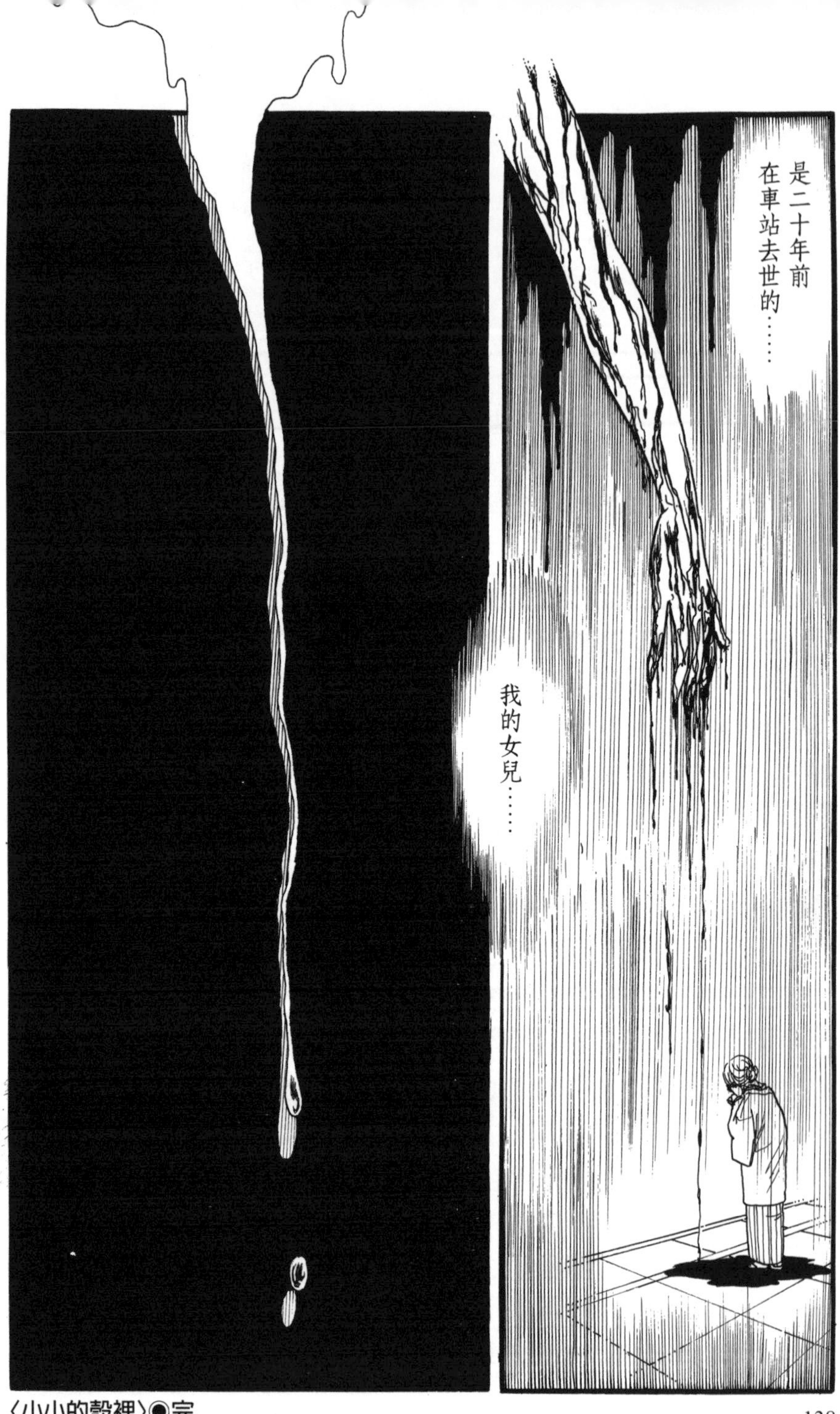

是二十年前
在車站去世的……
我的女兒……

〈小小的殼裡〉◉完

浮遊霊
ふゆうれい
不能成佛的靈，飄來蕩去，到處移動。
這種靈就叫作——「浮游靈」。

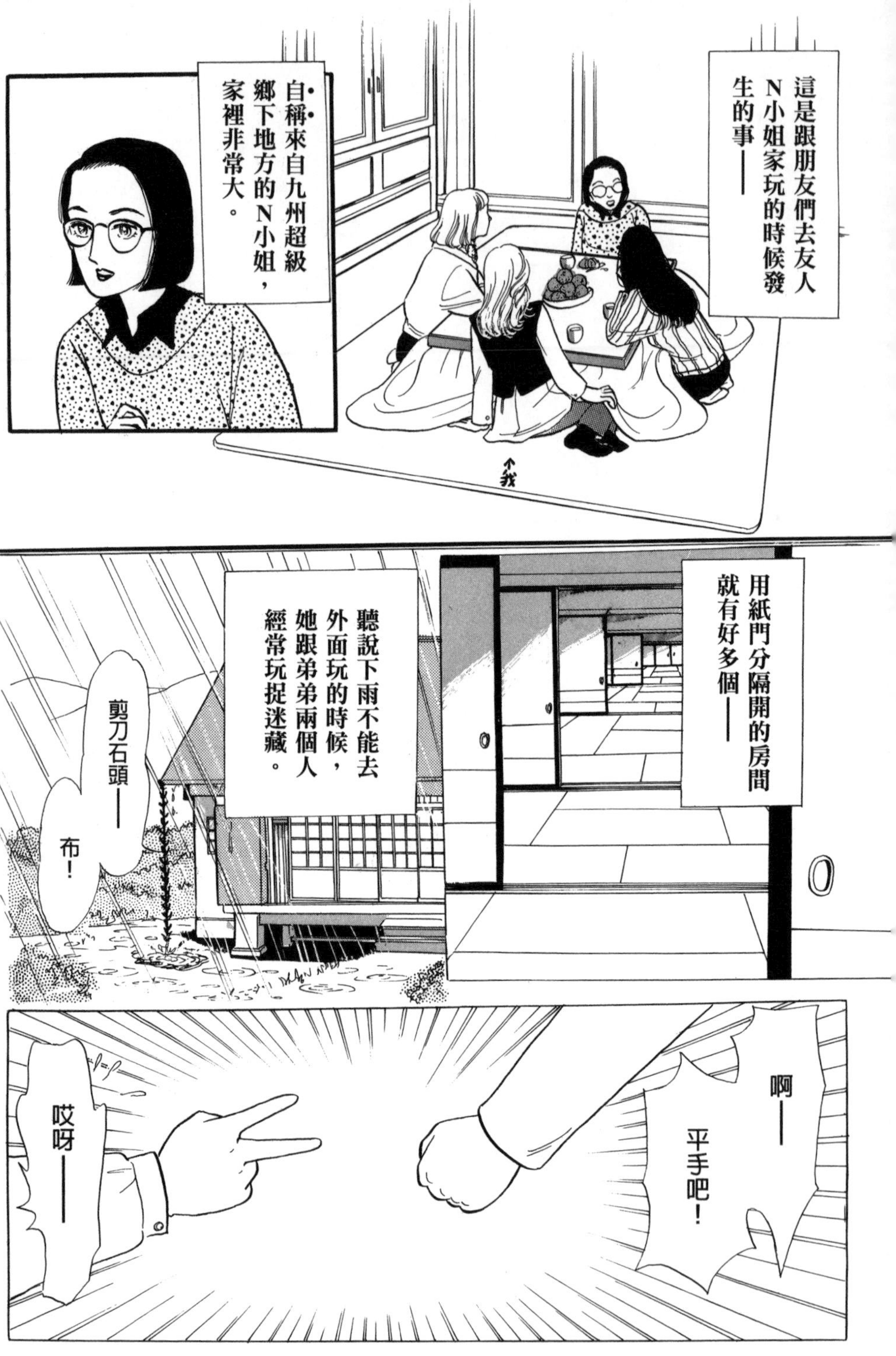
這是跟朋友們去友人N小姐家玩的時候發生的事——
自稱來自九州超級鄉下地方的N小姐，家裡非常大。
↑我
用紙門分隔開的房間就有好多個——
聽說下雨不能去外面玩的時候，她跟弟弟兩個人經常玩捉迷藏。
剪刀石頭——
布！
啊——
平手吧！
哎呀——

好了！
你當鬼喔！
喂，你轉那邊！
嘖！
我還沒說「好了」之前，你不能開始找喔，知道嗎？
知道啦！
還沒喔！還不能找喔～
啪嗒啪嗒啪嗒
啪嗒
好了沒？
看到了
還不行！

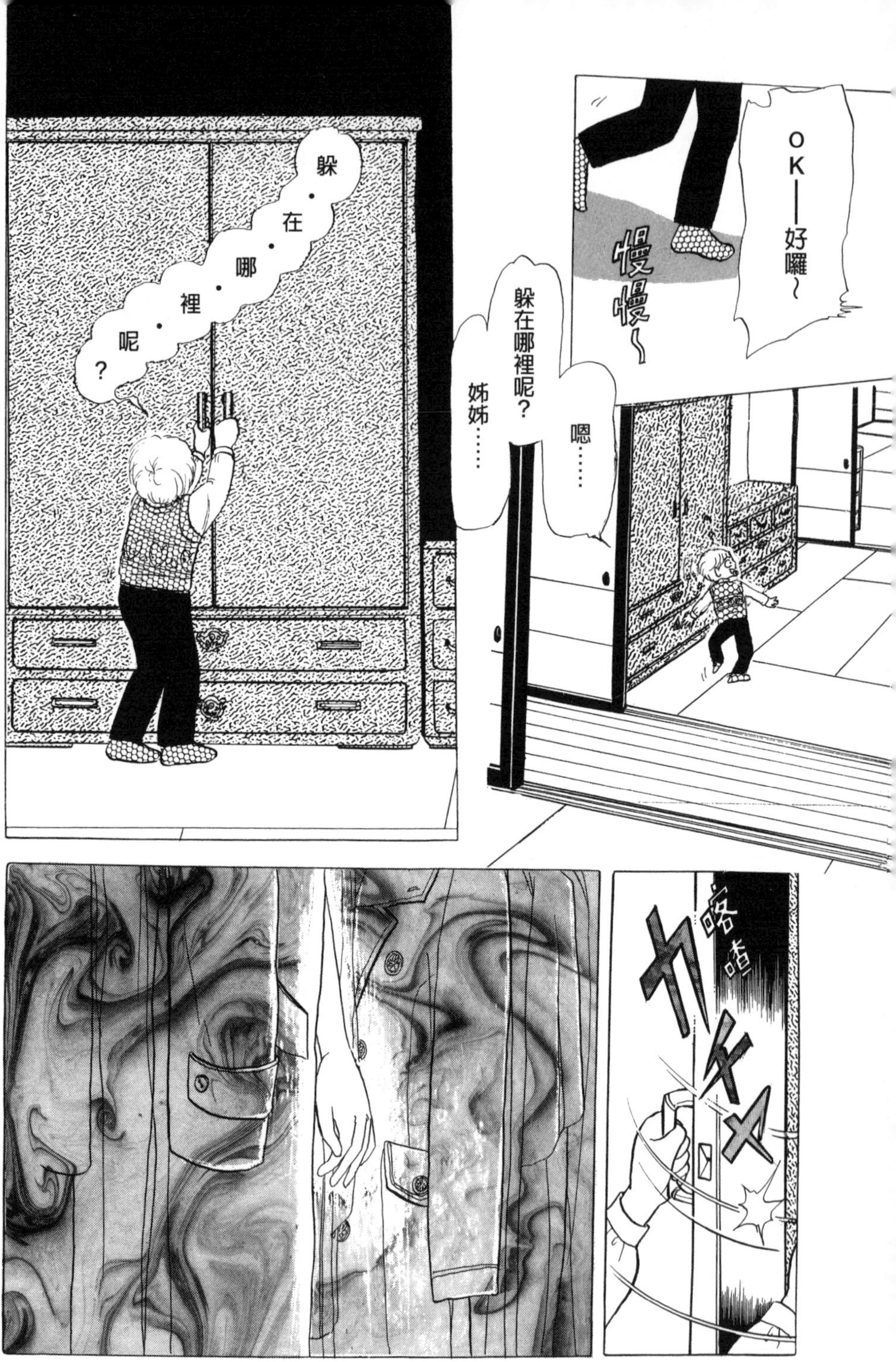
OK——好囉~
慢慢~
嗯……
躲在哪裡呢？
姊姊……
躲・在・哪・裡・呢？
喀嗒

找到姊姊了！
咦?!
我找到了——！
姊！快出來！
拉
咦 咦
這次換你當鬼！

那個時候，
她以為弟弟說「找到了」是要騙她出來的小手段。
哈哈－
本來想說：「你在說什麼啊，我在這裡喔～」然後就出去。可是心想，那是「找到了」的戰術。
所以直到真正被發現為止，都要躲著。
哼！
不會被你騙到的！
可是……
姊姊，你快出來！
在幹嘛啦？
拉－
這次換我躲了啦！
對一直大叫的弟弟──覺得很煩。
你差不多一點！可以停了吧？
呃……

哇啊
我們當然翻找過，櫃子裡沒有別人。
騙人！
那麼…我握住的是誰的手!?
衣服之類的啊。
白天走在人潮裡，回到家後，不光是灰塵，
路上的浮遊靈好像也會附在衣服上唷～

對呀對呀，像是去參加葬禮的時候，
要先撒鹽淨化，之後再進入家裡不是嗎？
也是一樣的道理吧？
尤其是如果有人跟靈體波長相合，
就會被跟。
你有被浮遊靈跟過嗎？
也是看對象吧……
我從外面一回到家，就會洗衣服。
外套之類的衣物，會用毛梳先刷過，然後稍微曬個太陽再收起來。
這是我的做法。可以刷掉灰塵，也為了防蟲。
←年輕的我

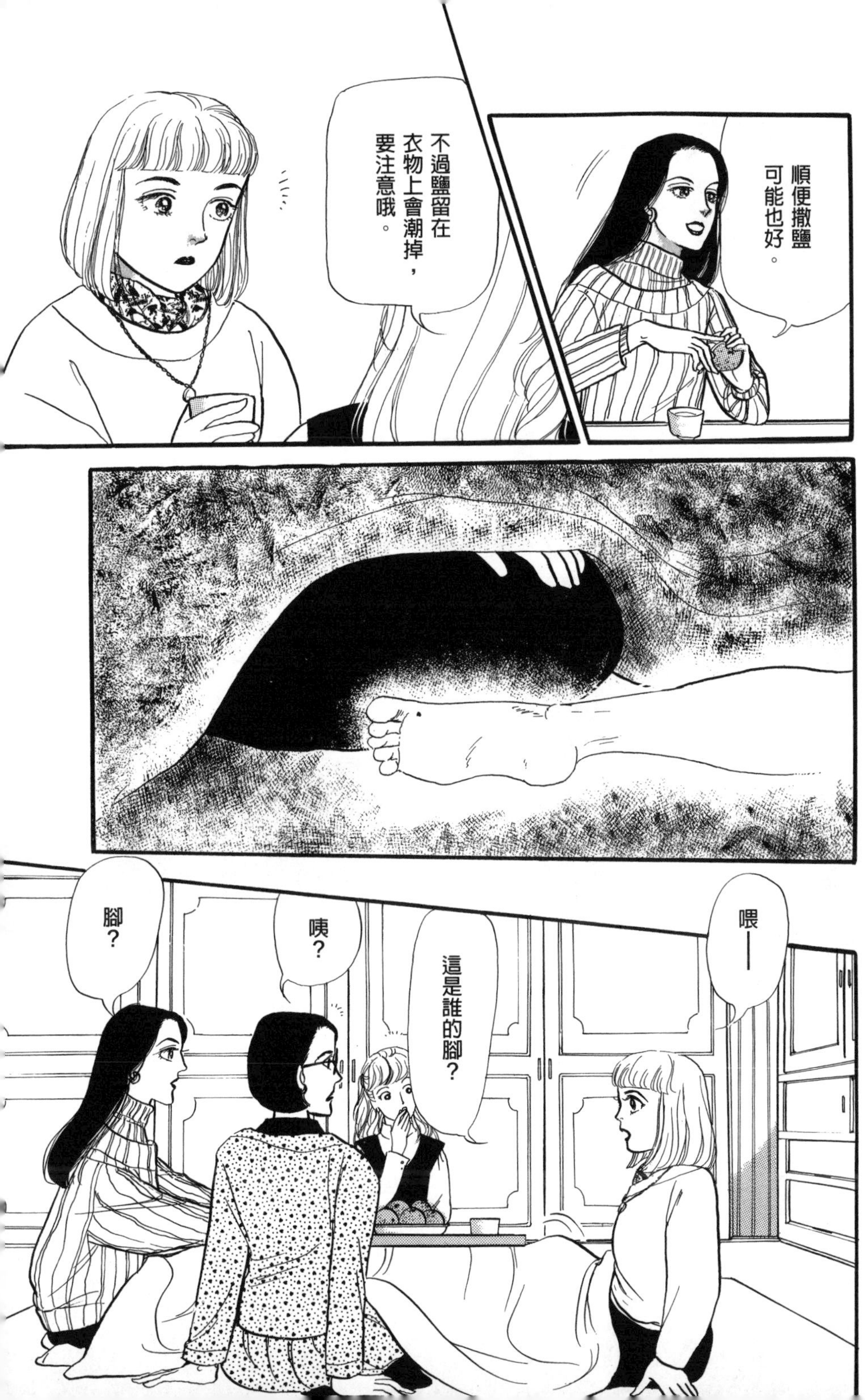
順便撒鹽可能也好。
不過鹽留在衣物上會潮掉，要注意哦。
喂──
這是誰的腳？
咦？
腳？

不是我喔，我從剛剛一直都是正座。
我很怕熱，沒把腳伸進暖爐桌裡哦。
我也沒有把腳伸進去。
咦?!
那……是誰啊?
是誰——把腳伸進暖爐桌裡?

討厭啦，裝什麼傻啊？
抻手抓
看，就是這隻腳！
咻
咻咻
咦!?
……
你抓的是誰的腳？
きゃあア
哇啊啊啊
ばっ
啪

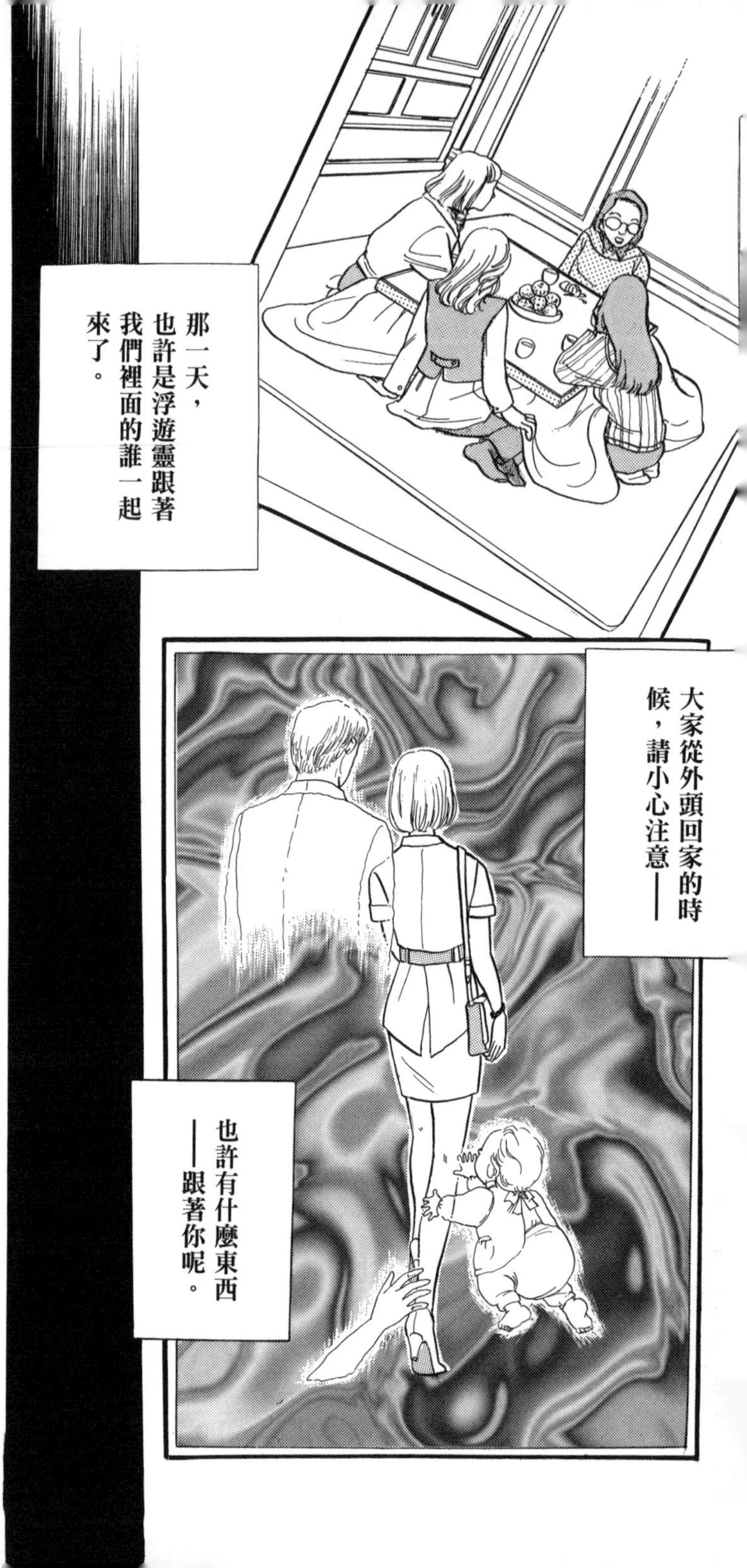
那一天，也許是浮遊靈跟著我們裡面的誰一起來了。
大家從外頭回家的時候，請小心注意——
也許有什麼東西——跟著你呢。

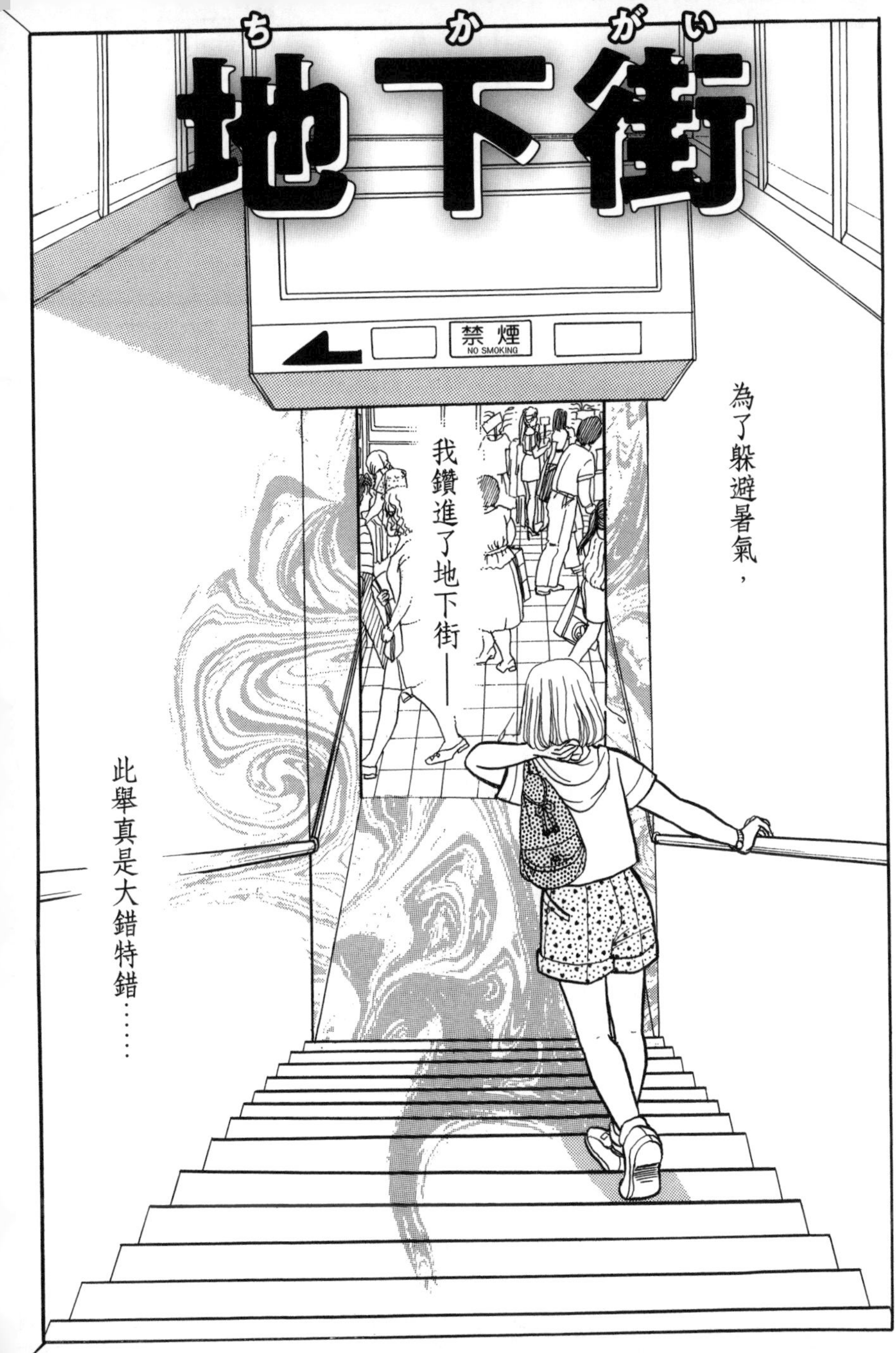

ちかがい
地下街
禁煙
NO SMOKING
為了躲避暑氣，
我鑽進了地下街——
此舉真是大錯特錯……

在亂逛的時候
失去了方向感，
到處亂走……
來到了
那個地方——
好像只有那裡
是異次元一樣……
喀啦
喀啦

哇！
好復古！
「姐姐的婚禮」？
換裝娃娃嗎……？
什麼？
這個卡片是什麼？
是撲克牌嗎？
那個是尪仔標啦。
像這樣用力一丟，就會翻過來哦。
欸……
那是店內的商品！
喂！千繪！
你好……
喂！！
爺爺，那個外國人穿得好奇怪。
啪

說我奇怪……
唔……
真沒禮貌。
阿兜仔嗟～
你是——迷路了嗎？
啊？
最好趕快出去喔。
爺爺——
人家也想出去！
哪
千繪……

？
咦？什麼？
怎麼了？
出不去……外面的——
哎~~~~為什麼~~~
可是那個姊姊要出去吧？
千繪也要一起出去！

那可不行——
那種事絕對不行！
為什麼？討厭！偶要去外面！
一起的話……
也許出得去！
一起？是說跟我嗎？
在說什麼？完全聽不懂。
不可以！你這樣不行！
那種事絕對不可能！
可是……如果從外面進得來的話——
也可能出得去吧？

這些人到底在說什麼？
我也是……
有一個說好要結婚的對象……
我們……在外面也有……
這孩子的媽媽……我的女兒在外面，但……
那已經……
即使是最後、、、一次，
我想見她一面！
只看一眼也好——！

只看一眼也好……！
好奇怪啊……
這裡也很奇怪……
這些人也——
沒錯——
最好趕快出去，
不趕緊出去，
好像就沒辦法
挽回了。
喀啦
等等！
我也要一起！

出來了…
啊……
刹
吸
呀啊啊
嗚……哇……
嗚啊……

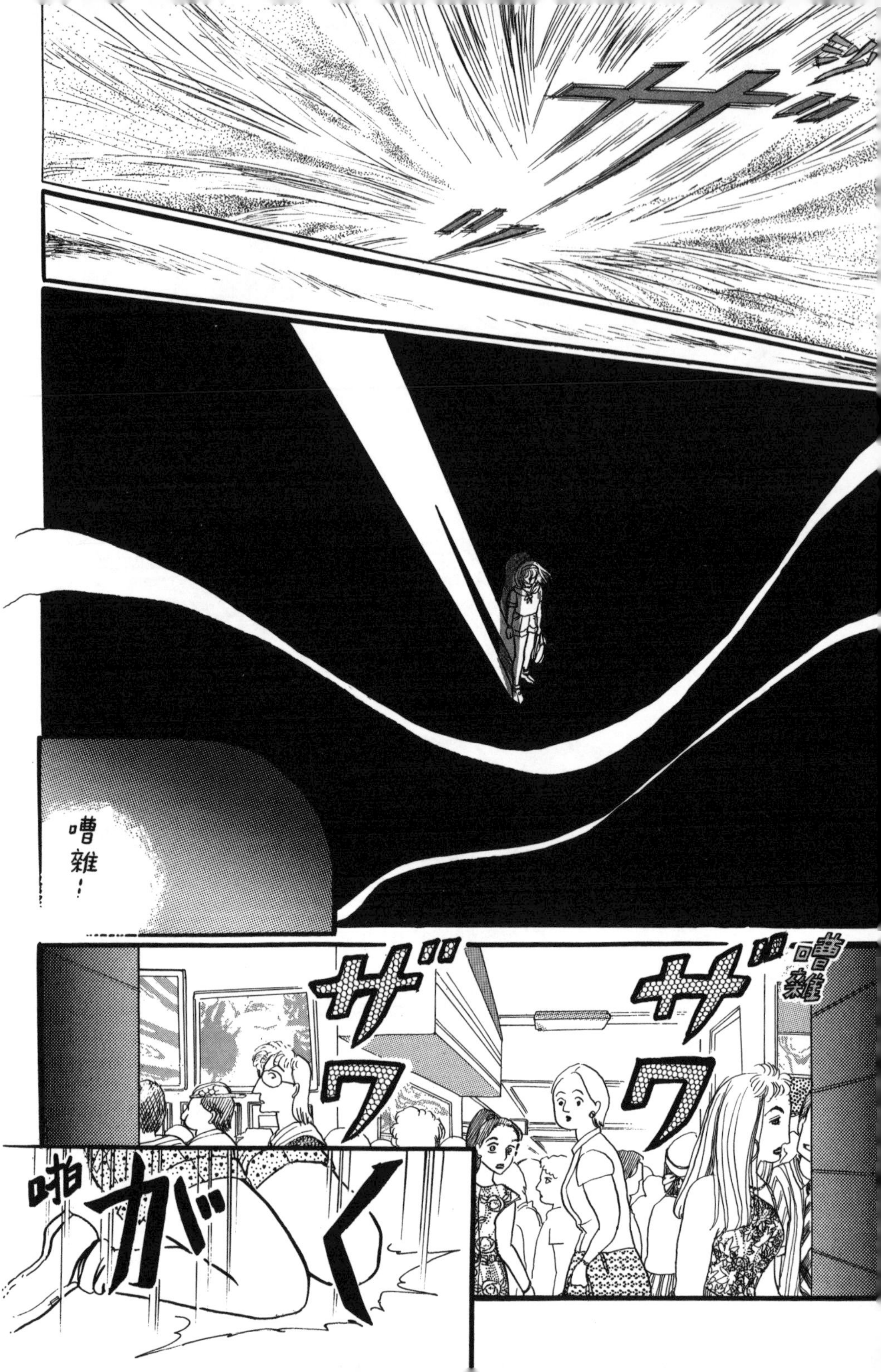
沙
ザザッ
嘈雜！
嘈雜
ザワ
ザワ
啪
がく

關東大震災被災地
慰靈碑
大正十二年(1923)
關東地區遭受大地震
全毀的房屋約有四十
死亡及失蹤人數合計
傷亡慘重。
啊……
那些人是——
關東大地震的時候，
被活埋在建築物裡——
啊
現在……
還出不來的……
我——
關東大震災被災地
慰靈碑
大正十二年(1923)九月一日
關東地區遭受大地震的侵襲，
全毀的房屋約有四十七萬戶，
死亡及失蹤人數合計約十萬人，
傷亡慘重。

那一天，為了躲避暑氣……
鑽進了地下街—
The DIAMOND
此舉真是大錯特錯……
ミーーン唧唧
ミーーン唧ー
ミンミンミン唧唧唧
ミーー……

冥界の壁
めいかいかべ

這是我（竜樹）朋友，她和她二個好友出遊過夜住宿時，碰到的事。
這個房間好像空氣很沉重——
「可能有什麼東西……」稍微有感應能力的朋友這麼說。
要怎麼睡？
我要睡正中間！

那──
我就睡窗邊。
怎麼了？
好像突然頭頂發冷……
你大概是累了吧？沒事──睡一下一定就會好了。
是嗎？那今天就早點睡吧。

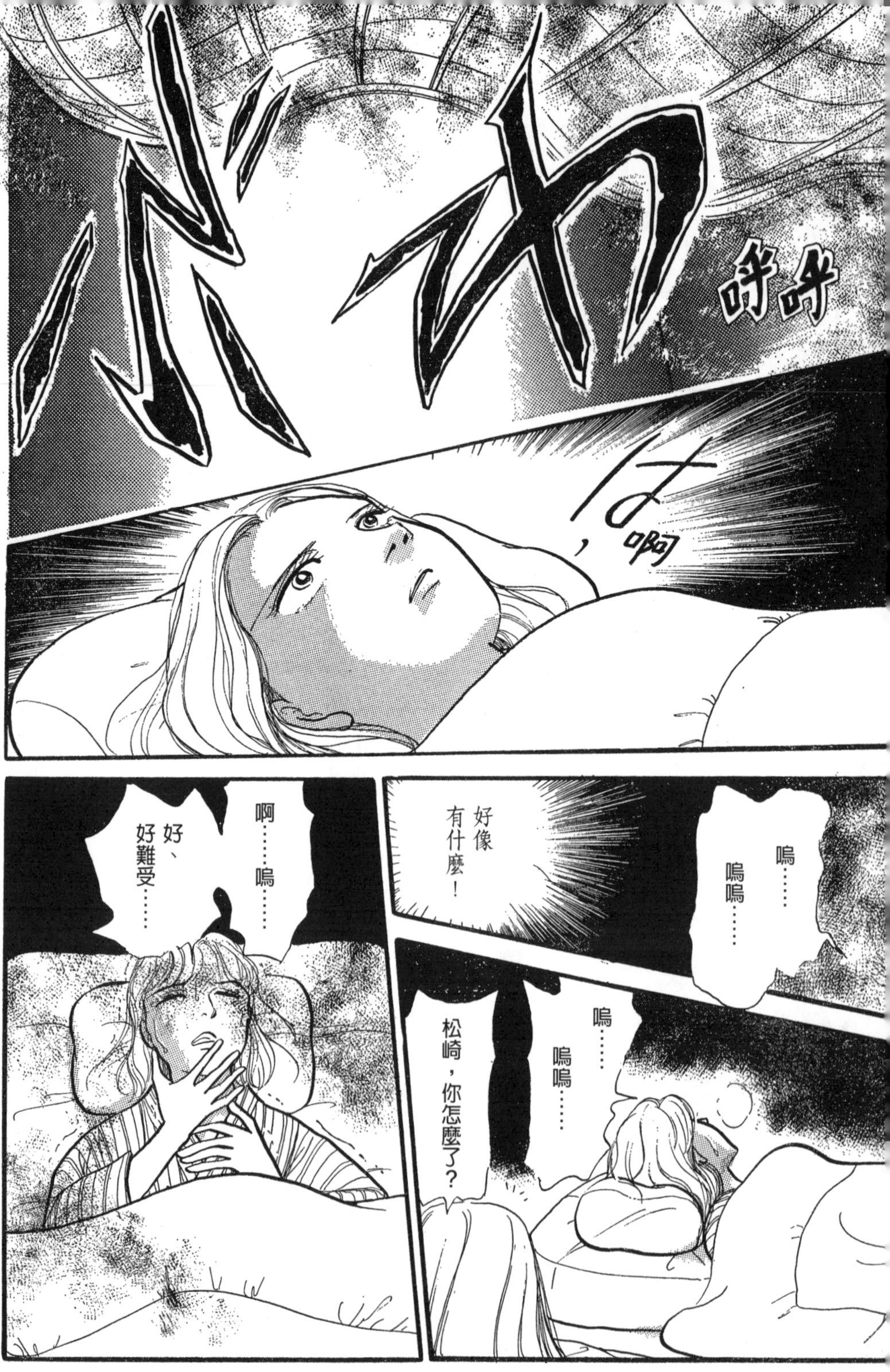
呼呼
は
啊
嗚……
嗚嗚……
好像
有什麼！
嗚……
嗚嗚……
松崎，你怎麼了？
啊……嗚……
好、
好難受……

松崎！
你快壓住那邊的手腕!!
來了！
哇！
是什麼？

有東西在房內……
是什麼？
你帶她走也沒用！

轟隆
你們還是不能成佛！
因為不能隨便用意志力帶走想要活下去的生命——
把別人捲進去，對你們也是沒用的！

拜託住手！不要再做這種事！
我會祈禱的！
我會幫你們祈禱的！
はァ哈
ぐー咕

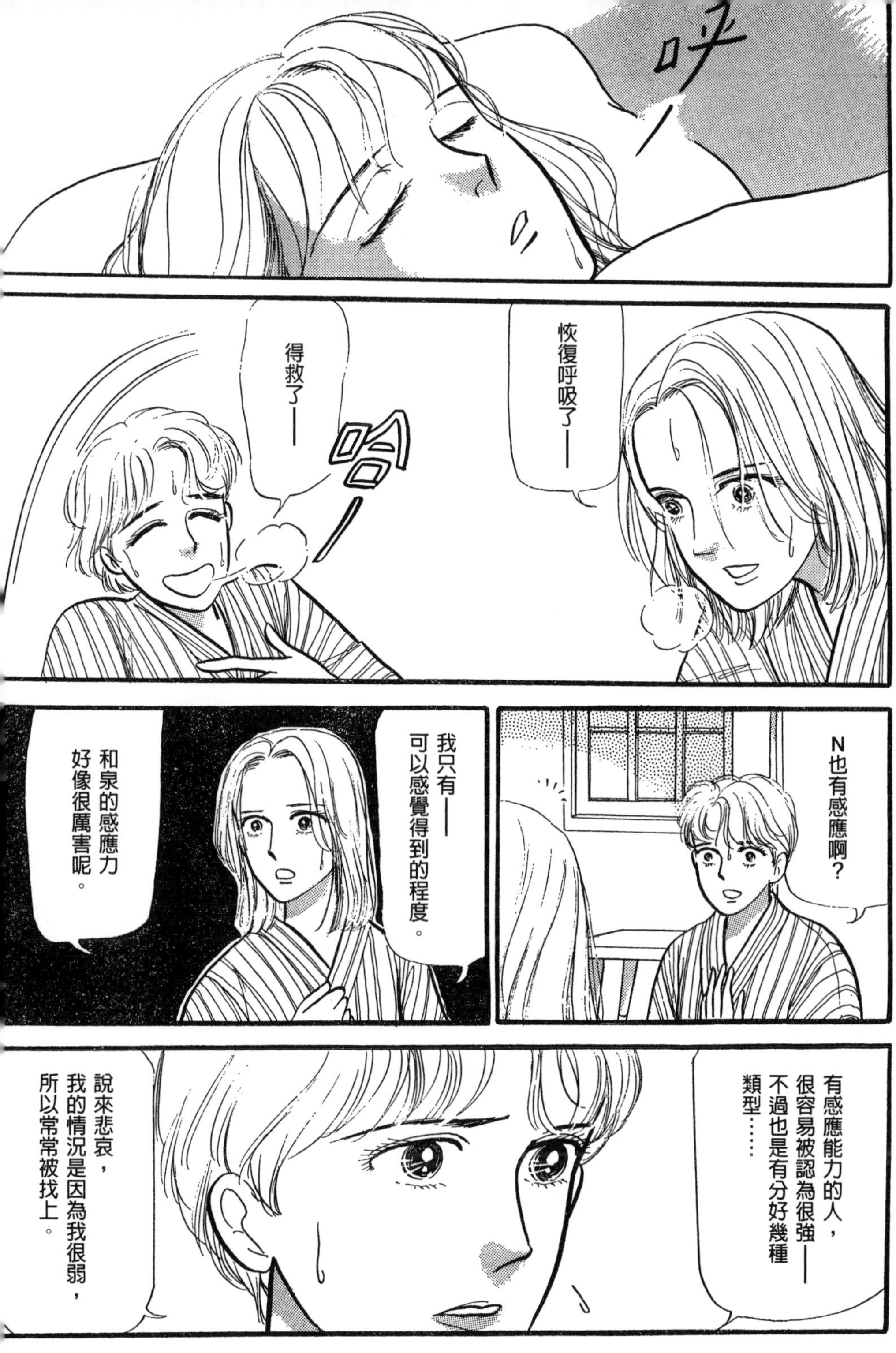

呼——
恢復呼吸了——
哈——
得救了——
N也有感應啊？
我只有——可以感覺得到的程度。
和泉的感應力好像很厲害呢。
有感應能力的人，很容易被認為很強——不過也是有分好幾種類型……
說來悲哀，我的情況是因為我很弱，所以常常被找上。

呼呼——
明天如果附近有寺廟的話，就去拜一下。
一定要幫你們兩個人祈禱。
不知道他們的墓在哪裡也沒關係嗎？
在哪裡都可以……祈禱是相通的。
因為靈界連結在一起。
只要有心，心念就可以到達。
附近有那種地方的話——就在那邊祈禱也可以。

可是——
如果是自殺的話，
就不能去靈界了吧。
只要祈禱就行了嗎？
咦？
因為是心的問題。
失去肉體的心靈
很沉重——
不能成佛，
殘留在人世。
幫他們祈禱，
安定心靈，
讓他們輕鬆一點的話，
就可以接近靈界。
被身體這個能量
包覆的心，
比較強壯。
強壯之人的祈禱，
可以幫助脆弱的人。

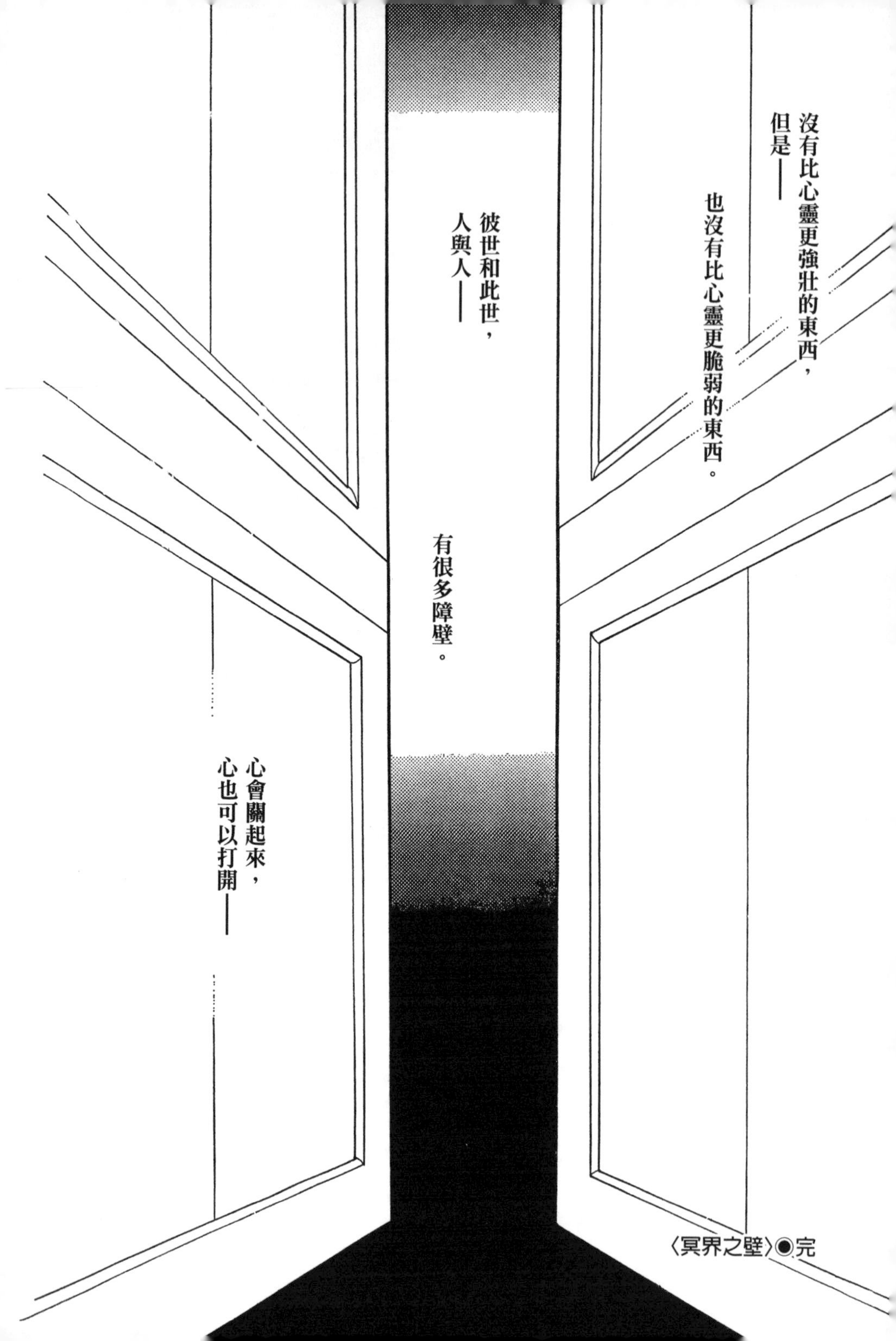
沒有比心靈更強壯的東西，
但是——
也沒有比心靈更脆弱的東西。
彼世和此世，
人與人——
有很多障壁。
心會關起來，
心也可以打開——
〈冥界之壁〉◉完

もうひとりの自分
另一個自己

應該是小學低年級的事——
我知道世界上有「另一個自己」。
另一個自己？怎麼回事？
在家做功課的話，沒辦法集中精神。
所以我經常在學校圖書室寫功課。
那天也是，我一直待在圖書室寫功課喔。
可是下課後，班上同學跟我說……

咦？曉美同學，你要回去了嗎？球呢？
球——？
？
根據那位同學的說法，
因為我沒回去，所以她過來找我。
說是跟大家正在操場上玩，
我說：「來玩排球吧！」我去拿球，就沒回去了……
我其實，根本沒有……和他們一起玩。
因為我一直在圖書室。
哎呀，這不是曉美嗎？
啊……
剛才的紅色套裝真美啊！
咦？

我也在想要不要買，
如果是二萬元左右的話，
也是可以買吧——
我從中午到現在
都在這裡，
你現在說的是
什麼時候的事？
咦？
哎呀，
這麼一說，
你沒拿袋子呢……
是嘛，
你沒買啊？
不好意思，
打擾你們聊天……
抱歉。
那個……
不會吧……
剛剛的……
跟你小時候一樣!?
不……不會吧？
又來……？

增澤鉄弛
曉美
聽說世界上，跟自己長得一模一樣的人，有三個——
是搞錯了吧……
我一個家庭主婦，
怎麼會去買套裝。
別在意了啦……
我可是一直在咖啡廳跟朋友聊天耶！
說什麼「是哦，你沒買啊。」
有點恐怖——
認錯人嗎……？如果是就好了——

喀喳
咦？
曉美？回來了嗎？
回來了嗎？為什麼這麼說？
你回來啦！
怎麼了？身體不舒服嗎？臉色很差喔……
嗯……
感覺身體很沒力 頭很重……感冒了吧？
什麼嘛……那麼不舒服還到處跑來跑去。
真受不了你
咦？

不過，沒想到你的興趣變了耶。
穿著那麼華麗的紅色衣服——被你叫住時我還有點不好意思呢……
等等……別說了……
我今天身體不舒服，一整天都在睡……
咦？
從早上就不舒服，都沒出門買東西。
可是是你叫住我的啊——
但是……不是我啊……

好恐怖——
喀喳…
曉美？
怎麼了？這個時間——你要去哪裡？
喂——
你怎麼又穿那麼浮誇的紅衣服……
曉美！
碰
喂！
喀喳

沒人？
老公……
咦？
怎麼了？

曉美──
你剛剛……
不是出去了？
蛤？
什麼？
你什麼意思？
你剛剛穿著那件紅色衣服出去了，
我問你「你要去哪」，
但是一打開門，
已經不見人影……

你覺得是怎麼一回事？
完全不記得嗎？
當然了。
只是……有那種體驗的時候——
別人說看到了我，或是遇到我了……
那種時候，就像是昏睡做了夢一樣——是預知夢嗎？
你說的該不會是靈魂出竅？
是「另有一個自己」啊！
靈魂出竅是?!!

這是我聽人家說的，
靈魂出竅——離開身體太久的話，
在那段期間，有些人會死掉。
騙人
某個早上——想要回到身體裡，
身體卻已經冷掉，沒辦法回去……
你要小心喔，千萬不要發生這種事……
〈另一個自己〉●完

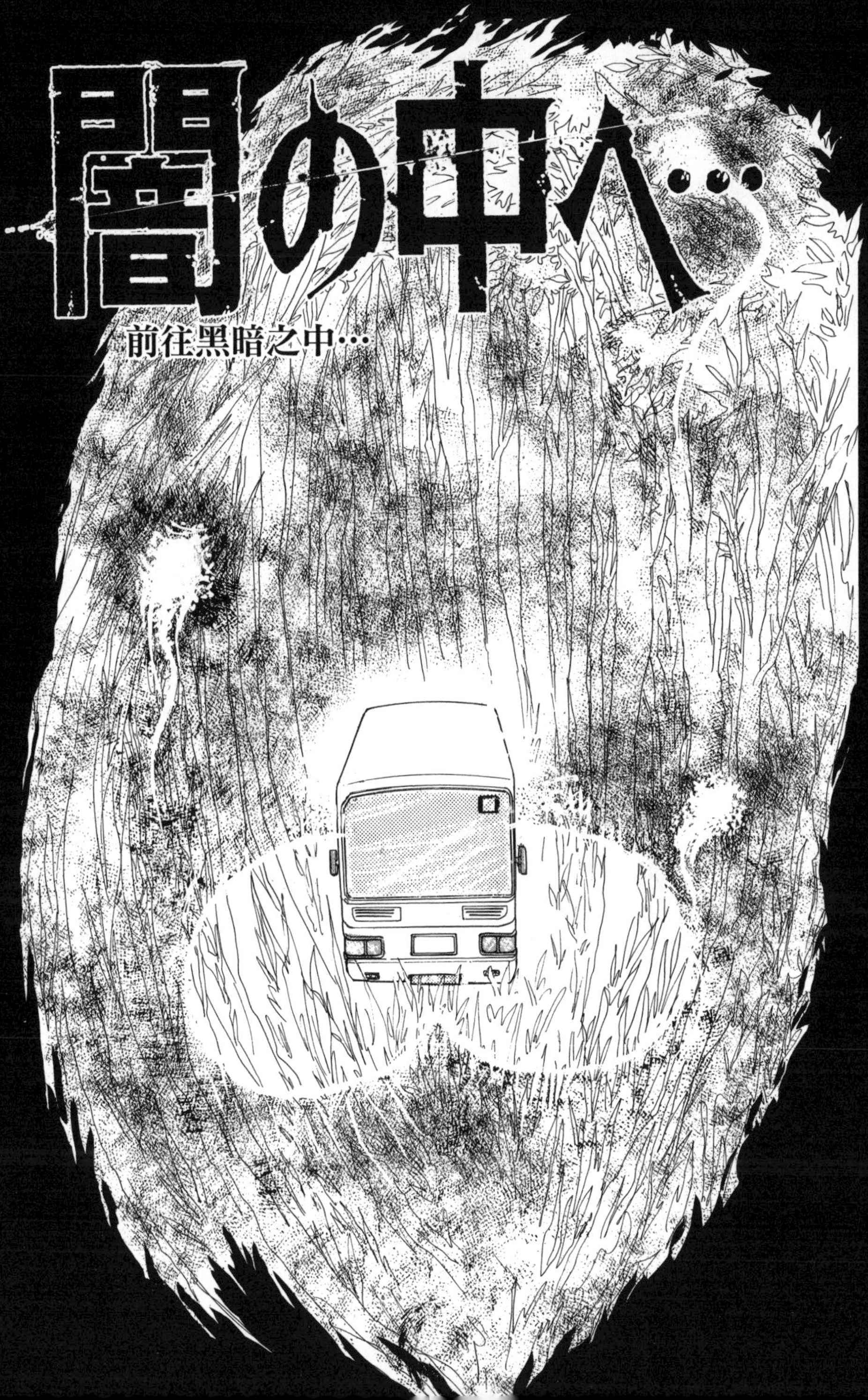
闇の中へ…
前往黑暗之中…

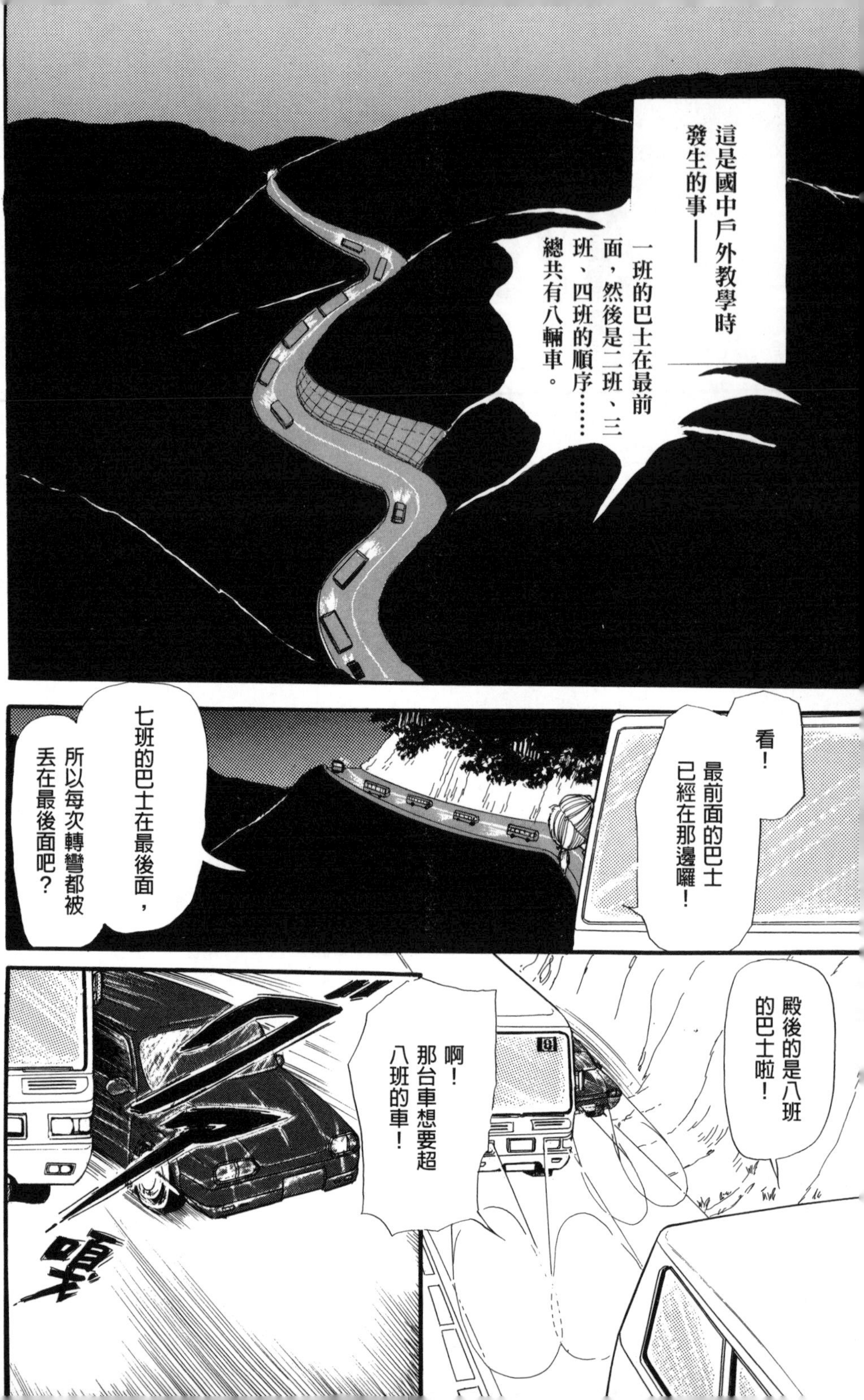
這是國中戶外教學時發生的事——
一班的巴士在最前面，然後是二班、三班、四班的順序……總共有八輛車。
看！最前面的巴士已經在那邊囉！
七班的巴士在最後面，所以每次轉彎都被丟在最後面吧？
殿後的是八班的巴士啦！
啊！那台車想要超八班的車！
嘎

啊～啊～完全被超車啦！
什麼！斜切的那輛轎車也太惡劣了吧！
超了巴士之後還慢慢開？
一定只是因為不想跟在巴士後面吧！
啊～跟八班的距離拉開了～～～
因為彎道很多，很危險，巴士也不能超那輛轎車吧？
哎呀？
看不到巴士了耶？
老師——
司機先生——八班的巴士消失了耶……

可是，之後大概有一小時的時間，
再怎麼等，都看不到那輛巴士的影子。
嘰嘰
奇怪了？
是在哪裡開錯、開到別條路了嗎……？
會不會是故障之類，動不了了？
是不是被狐狸迷住了？
迷失在異次元的空間裡了嗎——？
難道是UFO？還是被宇宙人帶走了——？

大家興高采烈地做各種臆測。
司機先生突然說——我有點擔心，我們稍微往回開吧。
那個時候的巴士，沒有無線電那類便利的東西。
之後大概開了十分鐘或十五分鐘——
啊！是巴士！
八班的？——是八班的！
喂——發生什麼事了？
還好嗎？
根據——司機先生他們轉述……

八班的車，
好像被轎車超車以後，
就沒跟上我們的車。
沒有街燈，
路也很暗。
所以就跟著
前面的轎車……
啊！
這下麻煩
了哪……
又沒有標誌……
可能跟著前面的
車子走比較不會
出問題吧……
也是——
那往右走看看吧。
喀答
喀答答
嘰
嘰……

喀答
喀答
老師
司機先生，這條路錯了吧？
嘰——！
咦——？
沒路了？
可是……剛才那輛車……？往這邊走了啊！

嘩嘩
咦？
老師——！
沒路囉？
不會吧！
哇！
真的！
老師——
司機先～生——
我們剛剛來的路～～
消失了～～～！
騙人的吧
在哪
在哪
路……
消失了！

沒有可以回轉的地方……
只好慢慢地以倒車的方式往回開……
嗒嗒
嗒嗒！！
嗒嗒
有了！有路了！
出來了！得救了！
其實，我也碰過同樣的事——
我跟兩個姐姐和姐夫們，五個人開一輛車、要去千葉的堂姐家的那一天——
喂喂，走錯路了吧？
這條路……國道沒有這麼小條啊？

看地圖的話，
看不出道路寬度啊。
ガサ
ガサ
喀沙
ガサ
ガサ
應該沒錯啊……
這條路……
越來越窄了吧？
我
咦？
ガサ
喀沙
那是？
キ
嘰
什麼——？
死路——
沒路了唷。

往回開！
有點可怕啊！
只能倒車，幫忙看後面！
路！不見了！
消失了！
剛剛真的確認過有路，
可是現在確實沒有路。
因為之前沒轉彎直直往前進，
所以現在直接倒退。
慢慢地——因為很慎重地倒車吧，比起來的時候，那條路感覺更長了……
喀沙…
喀沙…
喀沙…
終於平安地回到原來的大路了。
喀沙…

後來，很會嚇人的姐姐——
當時不想嚇到大家，所以我沒有說……
其實開進那條小路的瞬間，我覺得毛骨悚然，感到一陣寒意，呼吸都變困難了。
往外一看，草叢裡站了一個穿著白色和服的長頭髮女人，在看我們這裡。
看起來好像在對我們招手——
姐姐這麼說——
〈前往黑暗之中〉◉完

〈這也太離譜〉

聽說半夜講這種怪談——
靈體會聚集過來。
吞口水
那……別再說了吧，這麼恐怖的故事。
我……從剛剛就開始發冷。
那種時候，一定是鬼來了。
騙人
別再說了！別再說了！都起雞皮疙瘩了……
幾點了，已經該睡了吧……
驚
過兩點了！
喔——
丑三之時（半夜二點），超完美的恐怖時段——
鬼最容易出來的時間……
不是說好不要再講了嗎——
出來囉……出來囉……在你後面……
嚇……

欸
嘟嚕嚕…
嘟嚕嚕…
這也太離譜！
嘟嚕嚕…
嚕魯嚕
是、是誰啊？在這種時間……
嚇～
終於來了嗎？
另一個世界打來的電話……
討厭啦！
不要嚇人！
算了算了，你趕快接起來吧—
是你的電話吧……
嘟嚕嚕
喀掐……

喂，你好。
欸？
啊！什麼啊，原來是木村啊？
是木村……
討厭啦！
什麼嘛……是那傢伙。
別嚇人了！為什麼在這種時間……欸？……什麼？
什麼啦？聽不到喔……
蛤？
什麼？你聲音太遠，聽不到啦！
喂——叫木村來啦！
木村君——過來吧——
啊，喂，木村，你聽到了嗎？
喂，過來吧……？
咦？可怕？
說什麼呢，是男人吧！
嘿嘿 呵呵呵
自己還不是—
你在說什麼，你這傢伙是男人吧？快過來吧！

那麼，
我們等你，路上小心啊，拜～
鏘☆
他有點怕，可是會來哦！
我去一下廁所
那傢伙就是太小心了吧！
啊～嚇死我了～
嗚，好像有點可怕，睡不著了啦！
到早上都不要睡就好啦～
喲，我記得木村家是賣酒的吧？
喔喔
太好了、太好了！來喝吧、來喝吧！
W.C
可是，他已經出門了吧—
喂！誰來打電話給他？
快點！
W.C
唰！
我、我知道電話，我來打。
太好了！我要燒酒的調酒喔～燒酒調酒～
我喝果汁就好了。
我要可樂！
我一罐生啤！

呃……他的號碼應該是……
叮咚~！
答答答答
誰？不會是木村吧？
來了ー
太快了——是騎機車來的嗎？
什麼嘛，還想叫他買酒的說……
……
那個……
喀……答
外面沒人哦……
騙人！
啊！
喂，拜託！
什麼？
咦？那人不是木村嗎？

喂ー木村！
啊、他回頭了，就是木村啦！
小聲點！半夜那麼大聲會吵到鄰居的。
啊……不好意思，
半夜……好的，那個……咦?!
喂ー
啊，不會不會，沒事……
蛤?!
怎麼了？你打錯了嗎？
木村ーー
死了……
蛤?!

巡邏的警察，在三十分鐘前……
說發現了木村的屍體……
木村的爸爸和家人現在要去警察局……
怎、怎麼會……
說是失足掉到河裡……
這麼說來，那傢伙——他說很冷……
欸？
剛才——在電話裡……
他說，好暗……變得好冰……
好冷……
好暗！
變得好冰——
好冷！
他……
死掉了——怎麼會……

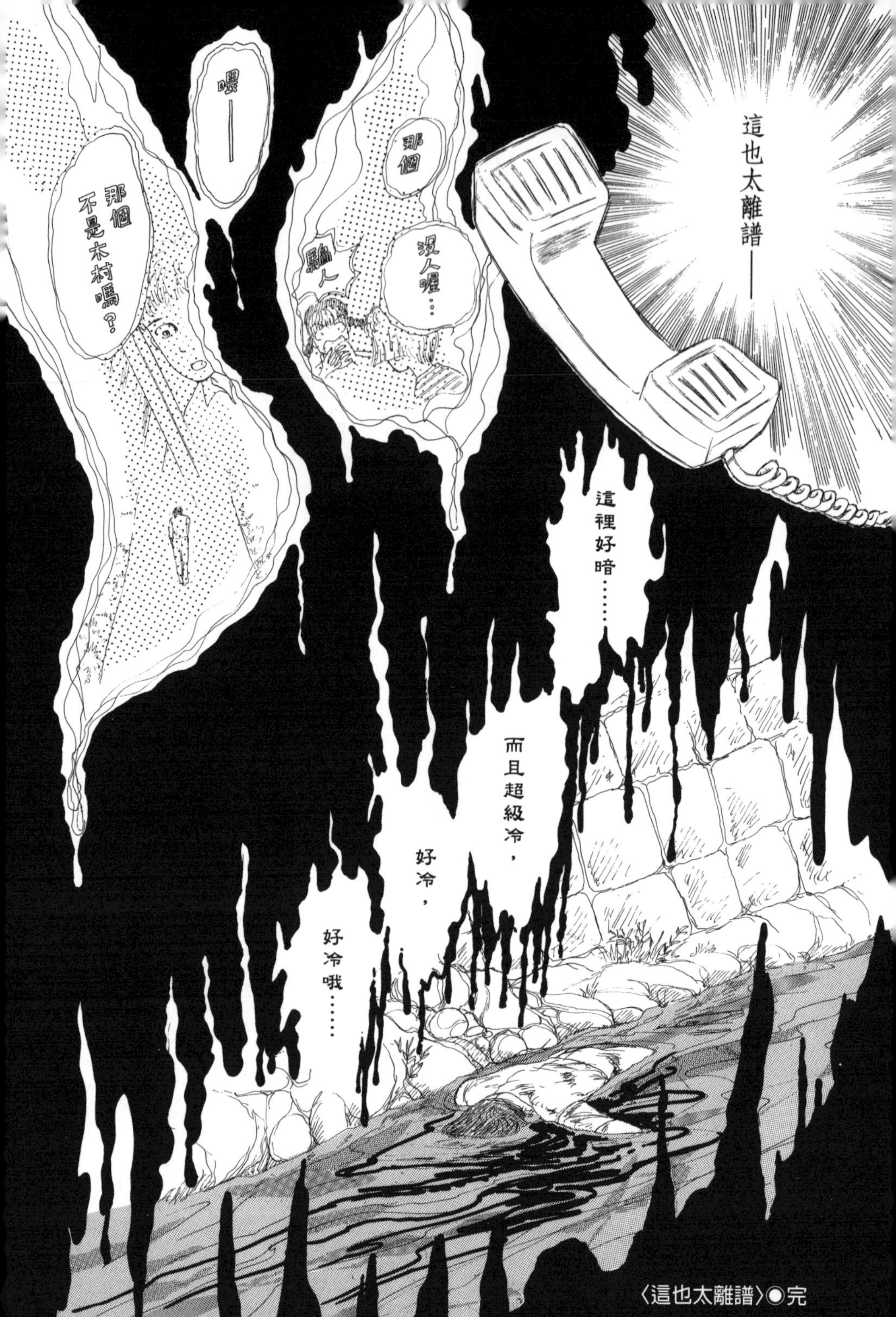

〈這也太離譜〉◉完

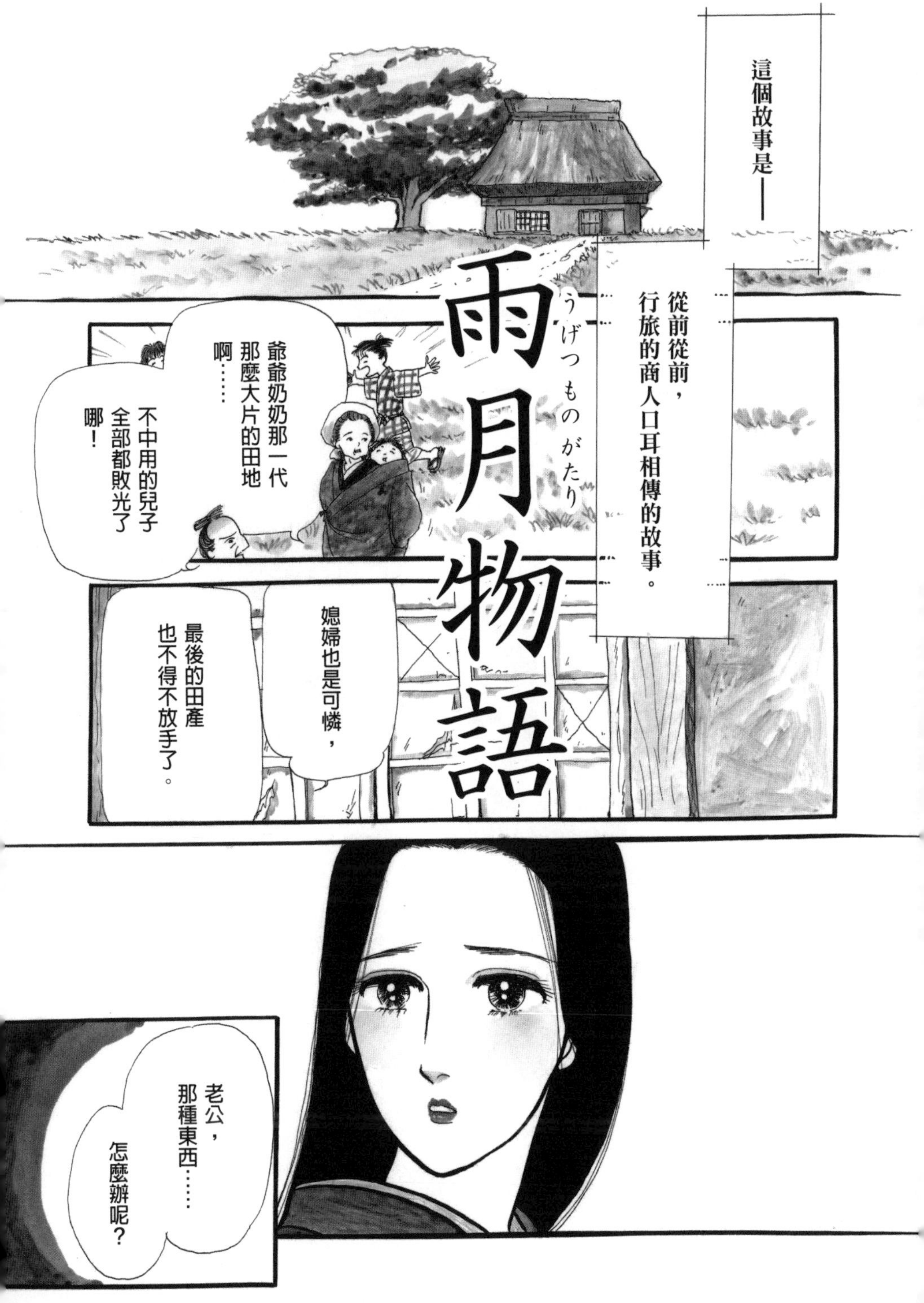
這個故事是——
從前從前，行旅的商人口耳相傳的故事。
雨月物語
うげつものがたり
爺爺奶奶那一代那麼大片的田地啊……
不中用的兒子全部都敗光了哪！
媳婦也是可憐，
最後的田產也不得不放手了。
老公，那種東西……怎麼辦呢？

這白絹，到京都的時候拿去賣的話，
聽說還能賣不少錢呢。
你不在家，我一個人該怎麼辦啊……
說什麼呢，我秋天就會回來了。
不要擔心有的沒的，沒事的！
秋天？

一定——
一定——
除了你，我沒有別人可以依靠。
我的心——請不要忘了我，早點回來——
可是，那年夏天開始打仗了。比起期待的秋天，恐怖的世界更早來臨。
村子被燒毀了，人們都逃走了，很多人被殺。
活下來的人，許多被羞辱，最後投海自盡……
——村莊全變成廢墟。

村子終於回歸了平靜的生活，是在七年以後——
到底是在哪裡做什麼，無聲無息……我怨恨那個人，又難過、又疲累……
然而沒辦法，死也死不成，太痛苦了——
喀噠
咚咚
有人嗎？有人在嗎？
ガラ
喀
啊！

是你——
竟…竟然、啊啊
不……不敢相信……
還能活著再見面，
啊啊！簡直像是做夢！
我聽說村子在戰火中全滅了，沒想到你還活著……
什麼——
什麼都別說……
光是能這樣相見……
光是這樣就夠了——太幸福了——
可以這樣讓你抱著，就像是做夢一樣……
已經真的夠——
夠幸福了。

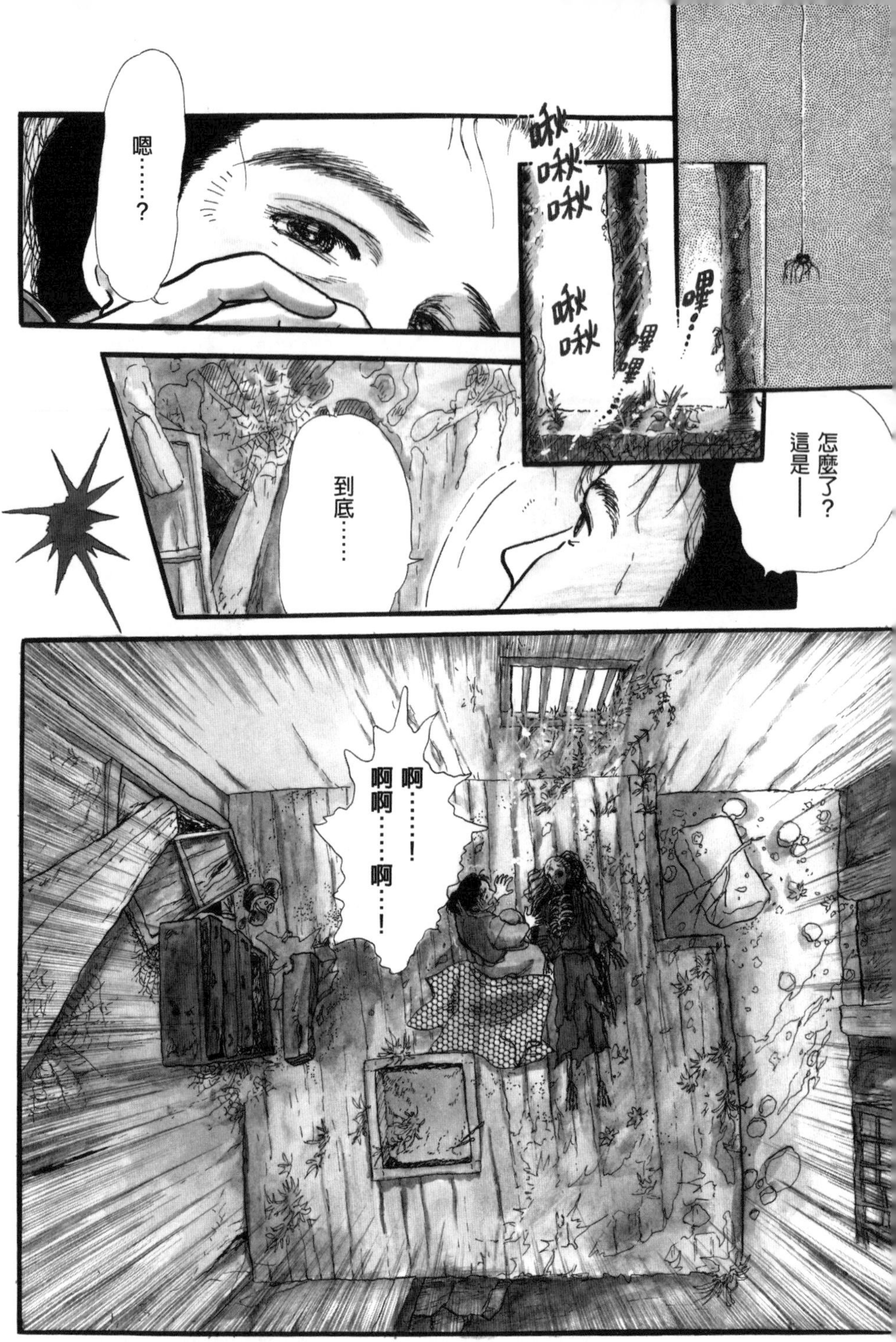

啾啾啾
啾啾
嘿……嘿嘿
恩……？
怎麼了？這是——
到底……
啊……！
啊啊……啊……！

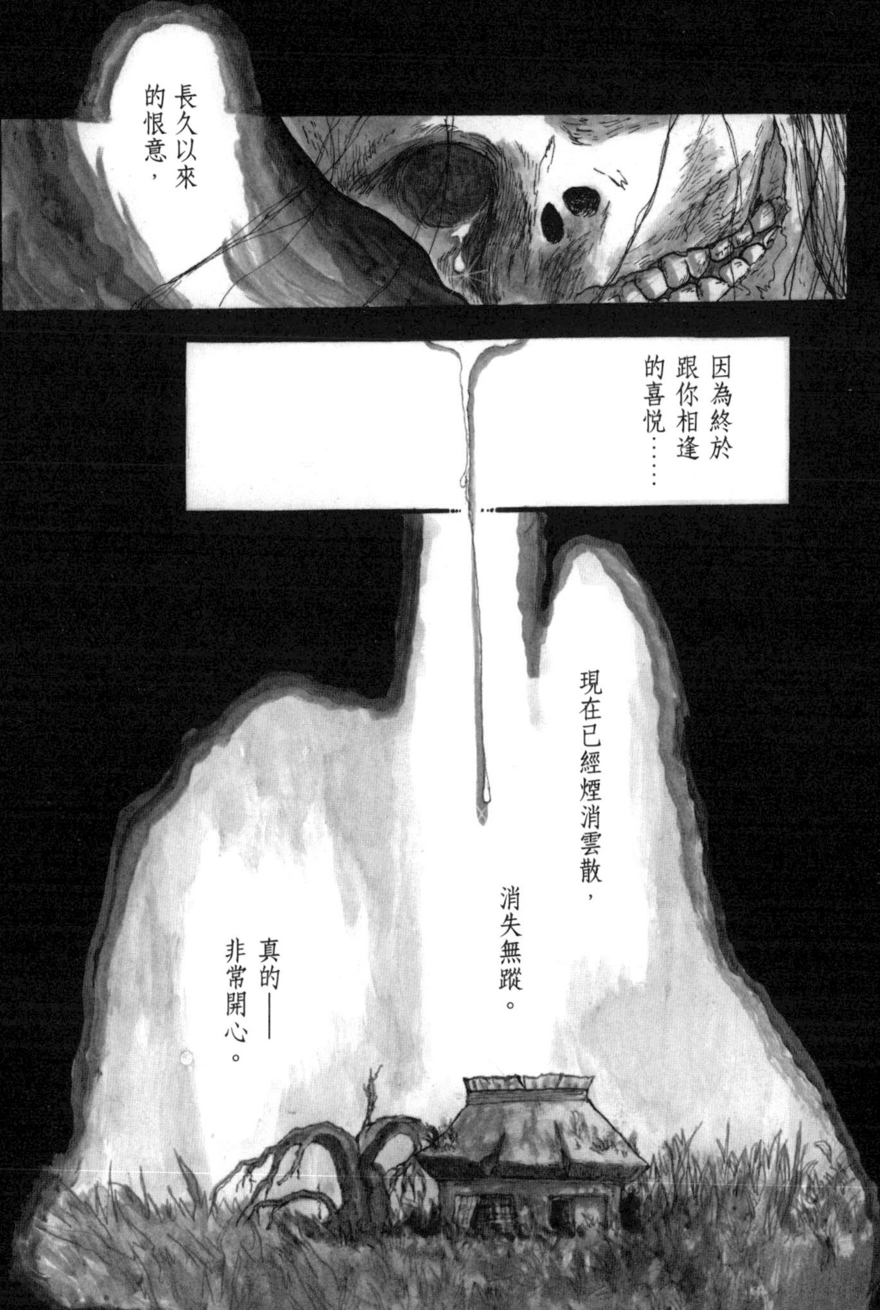
長久以來的恨意，
因為終於跟你相逢的喜悅……
現在已經煙消雲散，
消失無蹤。
真的——非常開心。

〈雨月物語〉◉完

作者後記

我用電腦畫插畫、寫日記，不過沒接網路。我的手機也不是智慧型手機。

二〇二〇年，《我所看見的未來》在電視上被介紹，成為了熱門話題。二〇二一年春天，有人假冒我，接受雜誌的採訪回答問題，又掀起群眾注意，這些事我完全不知道。

直到聽姪子和姪女說我變成話題人物了，才嚇一跳！

知道以後，就不能像從前一樣過著平淡安靜的生活了。

*

一九九六年時，《真正發生過的恐怖故事》編輯部的「讀者的體驗談募集」，收到了很多「夢到大海嘯」的讀者投書。

我想其實很多人跟我看到相同的預知夢啊。

「預知」，是警告。因為「能夠避免」，所以「『被』看到」。

我想是有「防止災難」、「讓災難縮小規模」的方法的。

夢境如果會變成現實的話，下一次來臨的大災難，日期就是「二〇二五年七月五日上午」。

我期待這本書能成為一個契機，讓大家做好心理準備。

*

最後，一九九九年我在畫《我所看到的未來》封面彩圖的時期，是身心俱疲到快死掉的狀態……所以畫出了那樣的圖（第55頁）。現在問題也堆積如山，但是知道可以解決，就是一種救贖。所以，我不哭了。「看見明朗的未來」，我擦去了眼淚。

還有一件事。封面上所畫的我的手相改變了。二〇二一年三月，我的左掌出現了開運線（從命運線伸到中指的線），所以在這本「完全版」中，我也重新描繪了封面的掌紋。

二〇二一年九月　竜樹諒

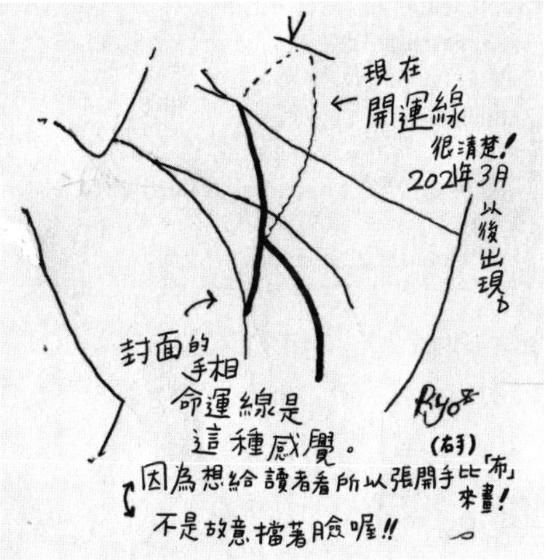

我所看見的未來 完|全|版

私が見た未来

作　　者　竜樹諒
譯　　者　高彩雯

第二編輯室
總 編 輯　林怡君
編　　輯　楊先妤
特約編輯　王筱玲
美術設計　林育鋒
手寫字體　林佳瑩
內頁排版　黃雅藍

出　　版　大塊文化出版股份有限公司
105022 台北市南京東路四段 25 號 11 樓
www.locuspublishing.com
Tel: (02)8712-3898 Fax:(02)8712-3897
讀者服務專線：0800-006689
service@locuspublishing.com

台灣地區總經銷　大和書報圖書股份有限公司
248020 新北市新莊區五工五路 2 號
Tel: (02)8990-2588 Fax: (02)2290-165

法律顧問　董安丹律師、顧慕堯律師

ISBN：978-626-7118-63-4
初版一刷：2022 年 7 月
初版十九刷：2024 年 9 月
定價：新台幣 380 元